ベリーズ文庫

始まりは愛のない契約でしたが、パパになった御曹司の愛に双子ごと捕まりました

蓮美ちま

JN229598

STARTS
スターツ出版株式会社

目次

始まりは愛のない契約でしたが、パパになった御曹司の愛に双子ごと捕まりました

始まりは愛のない契約でしたが、
パパになった御曹司の愛に
双子ごと捕まりました

プロローグ

満開の桜が咲き誇る緑道は一面ピンク色に染まり、晴れ渡った青空とのコントラストが美しい。

四月第一週の気持ちのいい春の日の朝、秋月萌《あきづきもえ》は両手に二歳になったばかりの子供たちを連れて保育園へ向かっていた。

今月末に二十七歳を迎える萌は、セミロングの髪をチョコレートブラウンに染め、耳と同じ高さでひとつ結びにしている。

手入れを多少疎《おろそ》かにしても白くきめ細やかな肌は透明感があり、日焼け止めにパウダーをはたくだけのナチュラルメイクで出かけられるのがありがたい。

身長は平均的な一六〇センチ。細身ではあるものの、以前よりはかなり健康的な体形になった。

服装もメイクと同じくシンプルで、アイロンなしで着られる素材のオフホワイトのブラウスに、紺色のアンクル丈のテーパードパンツの組み合わせは、ほぼ毎日代わり映えしない。

双子の育児にかかりきりなため自分自身のことは後回しとなり、おしゃれに縁遠い萌だが、唯一ネックレスだけは欠かさず身につけている。

四つ葉をモチーフにしたデザインで、ホワイトゴールドとダイヤで形作られているネックレスは胸元で上品な輝きを放つ。

萌にとってこのネックレスはおしゃれをしたくて身につけているというよりも、自分を奮い立たせるお守りのような存在だ。

「ママ！　はぁく！」

「はやくー、ママぁ」

「陽太《ようた》、光莉《ひかり》、慌てて走らないの。転ばないでね」

足取りはしっかりしてきたものの、テンションが上がるとすぐに転んでしまうのが二歳児。保育園の門をくぐった途端、待ちきれずに走りだした双子の背中に呼びかけた。

陽太は白いTシャツにデニムのハーフパンツ、髪には寝癖がついたままだ。一方、光莉は陽太とお揃《そろ》いのTシャツにデニムのミニスカートを合わせ、その下にレギンスを穿いたスタイル。肩につく長さの髪は、最近お気に入りのツインテールにして朝からご満悦《まんえつ》だった。

よくこうしたお揃いのコーディネートを着せるせいか、散歩や買い物中に『双子ちゃん可愛いですね』と声をかけてもらうことが多い。

男女の双子なため二卵性ではあるが、陽太と光莉はよく似ている。同じサイズの小さな子供がふたり手を繋《つな》いでいるだけでも可愛いけれど、陽太と光莉は親の贔屓目《ひいきめ》を差し引いても整った顔立ちをしていると思う。

ふとした瞬間の横顔や、ご飯を食べて『おいちい！』と満足そうに笑う顔など、ハッとするほど彼らの父親に似ているのだ。

そう感じるたびに、萌は端正な顔立ちをしている彼の面影を頭の中から追い出し、必死に忘れようと努力しながらふたりを育ててきた。

金曜日でも疲れ知らずの双子は早く遊びたくて仕方がないようで、一目散に玄関ホールへ向かっていく。

萌は出迎えてくれた保育士に挨拶をしてふたり分の荷物を渡すと、靴箱で外靴から内履きに履き替えているふたりに「陽太、光莉、いってらっしゃい」と手を振った。

「ママも、いったっしゃー」

双子らしくぴったりと声を揃えて返事をするふたりの可愛さに微笑み、萌は今来た道を引き返す。

萌の勤める『田辺《たなべ》ネジ製作所』は、自宅と保育園の中間にある。従業員数二十名ほどの小さな会社だが、社長の人柄と才覚で業績は右肩上がりの優良企業。

萌はそこで経理などの事務として働きながら、大切な宝物である双子を育てるシングルマザーだ。

事務所に出勤すると、社長の田辺から早速頼まれ事をされた。

「萌ちゃん、おはよう。悪いんだけどお昼までに茶菓子を買ってきてくれるかな？用意するのをすっかり忘れてしまってね」

「おはようございます。もちろんいいですけど、珍しいですね。お客様が見えるんですか？」

「そうなんだよ。まさかうちまで足を運んでくれるなんて驚いたけど、話だけでも聞こうと思ってね。じゃあよろしく。アポは十四時の予定だから」

「わかりました」

萌は午前中に済ませたかった業務を手早く終えると、最近評判だと噂《うわさ》の和菓子屋でどら焼きを買い、応接室の準備に取りかかった。

ひとり掛けのソファがふたつと、向かいに三人掛けのソファがひとつ。その間にローテーブルが置かれている。窓際には観葉植物と、これまで会社が手がけたねじがガラス張りのチェストに並べられているだけのシンプルな室内だ。

普段から綺麗《きれい》に掃除をしているつもりだが、田辺の口ぶりから大切な客だと窺《うかが》える。いつも以上に丁寧にテーブルを磨き、すぐに出せるよう給湯室で急須や湯呑《ゆの》みを準備しておく。

約束の相手は時間の五分前に到着したようで、お茶を淹《い》れてどら焼きと一緒にお盆にのせて応接室へ向かった。

ノックのあとに田辺が中から「どうぞ」と応答したのを聞き、萌はゆっくりとドアを開ける。

「失礼いたします」

中には三人の男性の姿があった。社長の田辺がひとり掛けのソファに、来客のふたりは彼の向かいに腰を下ろしている。

萌のノックに反応し、こちらに視線を向けた男性を見た瞬間。萌は目を見開き身体を硬直させた。

（うそ……！）

そこにいたのは日本屈指の大企業である『桐生《きりゅう》自動車』御曹司、桐生晴臣《はるおみ》。

三年前にお見合いで出会い、結婚の約束をしていたにもかかわらず、萌がひどい言葉で別れを告げた相手だ。

そして、双子の父親でもある。

けれど彼は萌が妊娠した事実を知らないまま海外へと旅立った。

この三年間、一度も連絡を取っていないし、彼との繋がりはすべて断ち切ったはずだった。

（どうして晴臣さんがここに……）

あまりの驚きに、動揺で全身に震えが走る。

懐かしさと愛しさ、押しつぶされそうな罪悪感といったさまざまな感情が溢《あふ》れ出し、萌はお盆を持ったまま一歩も動けない。

そして萌を見て驚き固まっているのは、田辺の向かいに座っていた晴臣も同様だった。

オーダーメイドであろうグレーの細身のスーツを着こなし、簡素な事務所の応接室に不釣り合いなほどキラキラとしたオーラを纏《まと》った彼が、信じられないとばかりに言葉を失ってこちらを見つめている。

萌は冷静になろうと必死に浅い呼吸を繰り返した。

（大丈夫。あんなにひどい別れ方をしたんだから、きっと私のことなんて忘れて素敵

な結婚をしてるはず）

そうだとすれば、万が一にも双子の存在を知られるわけにはいかない。

萌は混乱しながらもなんとか思考を働かせるが、自分の考えた仮説に胸が引き裂かれるほど苦しくなる。

けれど、そうなるように仕向けたのは萌自身だ。

（もう、あの頃には戻れない……）

目の前の彼から贈られた四つ葉のネックレスが、萌の胸元で煌《きら》めきながらふたりの再会を静かに見守っていた。

1．虐げられる日々に決別を

今から三年前。桜の散りきった四月中旬の土曜日。

初めて踏み入れた一流高級ホテル『アナスタシア』の地下一階、老舗の日本料理店『なでしこ』の個室で、萌は俯《うつむ》いたままひと言も口をきかずに身を小さくしていた。

紫綬褒章《しじゅほうしょう》を賜《たまわ》ったほどの料理人が長を務め、芸能人や財界の要人などがこぞって利用するこの店内には、和楽器で演奏されたジャズが上品な音量で流れている。

普段はカットソーにパンツスタイルばかりの萌だが、今日は薄いラベンダー色のワンピースを身につけていた。

七分袖《しちぶそで》から出た手首やレースで飾られたデコルテは少し力を加えれば折れてしまいそうなほど細く、ウエストが絞られたデザインであるにもかかわらず身体のラインを拾わないほどだ。痩せているというよりも、やつれているといったほうが正しい。

量販店で購入した安物なため生地はぺらぺらで、とてもこの場にふさわしい装いとは言いがたい。

しかし、それよりもいたたまれないのは、鏡を見るのもためらわれるほどひどい自分の髪の毛だ。

一度も染めたことのなかった艶《つや》やかな黒髪は、自宅で市販のブリーチ剤で染めたため、黒と金色のまだら模様となっている。

初めて自分で染めて失敗した学生ですらここまでひどくはならないだろうという出来栄えだが、美容院に行って染め直す時間的猶予はなかった。

かといってこの場に帽子をかぶってくるわけにもいかず、できるだけ目立たないように後ろでお団子にしてまとめている。

このみっともない髪型を、向かいに座る初対面の家族にどう思われているか想像するだけで気分が塞《ふさ》ぎ込み、とても食事を楽しむ気にはなれない。

それに今日こうして一流老舗ホテルの高級店にやってきたのは、素晴らしい料理を堪能するためではないのだ。

萌は現在、父方の叔父である秋月健二《けんじ》の命令によって、日本有数の大企業である桐生自動車の社長子息とのお見合いに臨んでいる。

十年前、交通事故で両親を亡くした萌は、健二と妻の翔子《しょうこ》に引き取られた。

当時中学二年生だった萌にはなにもできず、それまで住んでいた家に叔父一家が勝手に改築して移り住み始め、両親の形見となる私物をすべて捨てられた。どれだけ懇願しても写真一枚残してもらえず、気がついたら遺産も会社もすべて彼らのものになっていた。

現在、健二は『秋月工業』の社長を務めており、翔子は名ばかりの副社長だ。

秋月工業はもともと萌の父、陽一《よういち》が興した会社で、強度の高いねじなど締結部品の製造、販売を行っている。

中でも陽一が友人とともに開発して特許を取得したというねじはこれまでにないほどの軽量化に成功し、車の製造部品として桐生自動車へ卸している。とても重要な取引先相手だ。

陽一の死により健二へ経営が移って早十年。ともに開発に尽力した友人や古くからの社員は健二の経営方針に愛想を尽かせて退職してしまったため、業績は右肩下がり。

そんな今、桐生自動車への売上が命綱でもある。

その大企業の社長直々に見合いの打診を受け、健二が断るはずがない。桐生と縁続きになり、さらに取引を増やそうと画策しているのは明らかだった。

「あらぁ！　では晴臣さんは近いうちに取締役に就任されますのね」

「えっ、その若さで？　すごーい！」

場違いなほど甲高い声が個室内に響いた。健二の妻で萌の叔母である翔子と、その娘の玲香《れいか》だ。玲香は萌の従姉妹《いとこ》であり、小学校と中学校の同級生でもある。

翔子はひと目で高級ブランドだとわかるロゴの入ったワンピースを着用し、玲香は真っ赤な振袖姿。なにも事情を知らない人が見れば、桐生自動車の御曹司と見合いをしているのは玲香だと思うだろう。

実際、現在の秋月工業社長のひとり娘は玲香である。彼女は萌とは真逆の派手な美人で、交友関係も華やかだ。

しかし桐生自動車から見合いの打診を受けたのは、前社長の娘であり玲香とは従姉妹である萌だった。

それを知った翔子と玲香は憤りをあらわにし、桐生自動車の御曹司について調べた。

桐生晴臣、二十九歳。桐生自動車社長のひとり息子で、彼自身も非常に優秀だと評判だ。現在は第一開発部の部長を務めている。

いずれ会社を継ぐであろうその肩書きに加え、なによりも彼女たちの目を惹《ひ》いたのはその美しい容姿だった。

ダークブラウンの髪はサラサラと指通りがよさそうで、長めの前髪を左目の上で分けている。大きく意志の強そうな目は知性を感じさせ、口角の上がった唇は初対面の相手にも威圧感を与えず優しげな印象だ。

細身だが長身なためスーツがとてもよく似合い、写真からも品のよさが滲《にじ》み出ている。

普段、自分たちよりも格下だと蔑んでいる萌に、大企業の御曹司、それも類稀《たぐいまれ》な容姿の持ち主との縁談が持ち上がるなど、翔子と玲香にはとても許せなかった。

『なんで萌なのよ！　秋月工業の社長令嬢は私よ！　なにかの間違いに決まってるわ！』

『そうね、きっと名前を勘違いしたのかもしれないわ。あなた、すぐに確認してちょうだい！』

ふたりの剣幕に健二が渋々先方に問い合わせたが、何度確認しても玲香ではなく萌で間違いないとの返答がくるばかり。なんでも桐生自動車の社長は、陽一と大学時代に交流があったらしい。

普段は萌になんの興味関心も持たない健二だが、金になりそうな話とあれば目の色を変える強欲な性格だ。萌に拒否権はなく、問答無用で見合いに出るように命じられた。

その上で『さすがに秋月家側から見合い相手の変更を申し入れるような真似はできないが』と健二は玲香に提案する。

『見合いの場にお前も来ればいい。そこで相手に気に入られれば、話が変わることもあるだろう』

父の提案を聞いた玲香は、見合い前日の夜に萌の帰宅を玄関で待ち伏せ、美しい黒髪を市販のブリーチ剤で染めるよう強要してきた。不慣れな上、鏡も見せてもらえない中で染めたため均等に色が抜けず、まだらになってしまった。

『あんたが桐生自動車の御曹司と見合いなんて、分不相応なのよ。せいぜい私の引き立て役になることね』

満足げに微笑む玲香の髪は昨日までの明るい茶色ではなく、艶やかな黒色に染められていた。

そんな昨日までの一連のやりとりを思い出し徐々に俯きがちになる萌とは裏腹に、翔子と玲香のおしゃべりは止まらない。

「うちの玲香は職場では秘書のようなお仕事を任されているんですよ」

「ええ。おそばにいられれば、きっとお役に立てると思います。少なくとも、こうした場にふさわしい格好くらいはできますわ」

そう言って玲香は隣に座る萌に視線を向け、蔑むような笑顔を見せた。

玲香が実家から通える女子大を卒業して就職したのは、中堅の塗料メーカー。一流商社や大手ゼネコンと呼ばれる大企業ばかりを何社も受けたが採用通知は一通も来なかったため、健二の口利きで入社した会社だ。

玲香本人は大企業以外では働きたくないとごねていたようだが、社会人経験はあったほうがいいと宥《なだ》められ渋々就職した。ペンキ臭くなるのが嫌だと毎日のように愚痴を零《こぼ》している。

普段、家で聞いている、人を蔑む苛立ちを含んだ低い声も萌を身震いさせるが、店の落ち着いた雰囲気の中で聞く彼女たちの媚《こび》に満ちた声音は、他人にも不快に聞こえるらしい。向かいに座った晴臣の母親は美しい口元を引きつらせているが、当の本人たちはそれに気づかずに話し続けている。

桐生自動車の社長である宏一《こういち》はあからさまに眉をひそめはしないものの、ひとつ咳《せき》払《ばら》いをして彼女たちの話を中断させると、彼から一番遠くの下座に座る萌に話しかけた。

「萌さん。君とは何度か会ったことがあるんだよ。まだ萌さんが幼い頃だけどね」

貫禄《かんろく》のある雰囲気とは裏腹に、宏一は萌に優しく微笑んだ。

「最後に会ったのは、ご両親の葬儀の時かな。お父上には大学時代にとてもよくしてもらってね。覚えているかな？」

突然話を振られ、萌は驚く。

（お父さんとお母さんの葬儀の時……）

言われるまま記憶を探ってみたが、当時の萌は中学二年生。交通事故で両親をいっぺんに亡くしたショックで、その頃の記憶は曖昧だ。

幼い頃に父の友人と会う機会もあったが、その中の誰が宏一だったのか明確には思い出せない。

「すみま――」

「嫌だわ、もう。すみません、愚鈍な子で。お世話になっておきながら覚えていないなんて。本当に母親に似てふてぶてしい。なにも取り柄がなくてお恥ずかしいですわ」

萌に話しかけた質問も、すべて叔母の翔子がさらっていく。

こうしたやりとりは見合いが始まってから延々と続いており、萌はろくに自己紹介すらしていない。

誰もがほとんど口を挟めず、翔子や玲香が一方的に捲《まく》し立てるように話すばかりで、徐々に桐生家側の表情に明らかな呆《あき》れの色が滲み始めていた。

「見た目や身だしなみもこの通りですし、地味で面白みのない子なんですよ。学生の頃からなにひとつ成長がなくて。まったく、両親はどんな教育をしていたのやら。本当にお恥ずかしいですわ。その点、うちの玲香は――」

翔子の嫌みはこの十年、うんざりするほど聞いてきた。

両親と叔父夫婦の仲は良好とは言えなかったようで、特に翔子は義理の兄夫婦である萌の両親を蛇蝎《だかつ》のごとく嫌っている。

（私はともかく、お父さんやお母さんのことまで……）

自分だけならまだ我慢できるが、見合いの席で亡くなった両親まで貶《けな》すなどひどすぎる仕打ちだ。

そう心の隅で思うものの、長年踏み潰され続けた自尊心はぺしゃんこになっていて、なにも反論ができない。萌は悔しさと恥ずかしさから俯いたまま唇をきゅっと噛《か》みしめた。

翔子の言う通り、萌の時間は両親が亡くなって以来ずっと止まっている。

十年前の事故のあと、『引き取ってやったんだから家事は全部あんたの仕事よ』と押しつけられ、実の娘の玲香とは比較できないほど冷遇されて育ってきた。

大好きだった両親の事故死で負った心の傷が癒えぬまま叔父の家で家政婦のような生活が始まり、萌はどんどんやつれていった。

体裁を繕うために高校までは通わせてもらえたが、大学への進学は『金がかかる』

と許されず、萌は高校を卒業してすぐに就職している。

それを機にひとり暮らしをしようと考えたものの、家事をさせたりストレス発散にいたぶったりする相手がいなくなるのが困ると考えた翔子が大反対し、保証人を頼めるあてのない十八歳の萌は断念せざるを得なかった。

長年の間、思考を放棄し、感情を表に出さないようにすることで自分自身を守ってきたのだ。

（今日はこのまま、私との話はなかったことになるんだろうな……）

彼女たちの思惑通り玲香が気に入られれば丸く収まるだろうが、現状を見る限りそうはいかないだろう。それは桐生家側の表情を見れば明らかだ。

そうなれば桐生自動車と縁続きになれると意気揚々としていた叔父からどんな叱責を受けるかわからない。

ため息をつきたいのをグッと我慢し、いつものようになにも考えまいと目を閉じた、その時。

「少しいいですか」

凛《りん》とした低くハリのある声が個室に響く。これまで会話に加わろうとしなかった晴臣だった。

「できれば、萌さんとふたりでお話をしてみたいと思うのですが」

彼の口から自分の名前が出たのに驚き、萌は弾かれたように顔を上げた。

晴臣がまっすぐにこちらを見ていたため、初めて正面からしっかりと目が合う。

失礼のないように事前に調べて知っていたものの、実際に晴臣と近い距離で見つめ合うと、あまりの美貌につい見惚《みと》れてしまった。

軽く後ろに流してセットした黒髪に、身体にフィットしたスーツがとてもよく似合っている。鋭さはないが、断るのは許されないような意志の強さを感じさせる眼差しに、萌はハッと息をのんだ。

「萌さん、このホテルの日本庭園を見たことは？」

「……い、いえ」

萌が控えめに首を横に振ると、晴臣の援護射撃をするように宏一が続けて口を開いた。

「それなら晴臣とゆっくりと見ておいで。桜は散ってしまっているが、今日は天気がいいから眺めもいいだろうしね。我々は先に帰るとしよう」

「秋月社長、萌さんをお借りして構いませんか？」

「え？　あ、はい……もちろん」

尋ねられた健二がヘラヘラと愛想笑いを浮かべて了承すると、晴臣は穏やかに微笑んで立ち上がる。

「よかった。では行きましょうか」

少し迷ったが、萌は晴臣に流されるように頷《うなず》いて席を立つ。

隣から鋭い視線が向けられているのに気づいていたが、萌にはどうすることもできない。極力そちらを見ないようにしながら、晴臣に続いて個室を出た。

彼とともに向かったのは、東京《とうきょう》の真ん中にあることを忘れてしまうほど広大な敷地面積を誇る日本庭園。青々とした木々や花の香りに酔いしれ、自然を堪能できる素晴らしい庭だ。

日本の風土気候に合わせて計算され尽くした芸術とも呼べる日本庭園は、まさにおもてなしの心そのもの。見る者の心を癒やし、落ち着かせてくれる。

枯山水《かれさんすい》や朱色の太鼓橋など和の趣《おもむき》が結集したような場所で、四季それぞれに違った表情を見せるのだろうと、素人の萌にも感じられた。

だからこそ、それほどまでに素晴らしい場所を今の自分の身なりで歩いているのが震えるほど恥ずかしいし、晴臣にも恥をかかせてしまうのではないかと不安で仕方ない。

幸い今は周囲に人はいない。けれど、いつ誰の目に留まるかしれないのだ。

彼がなにを思って萌をこの庭に連れ出したのかはわからないが、早く用件を済ませてこの場を離れなくては。

そう考えた萌が身を小さくしていると、晴臣が足を止めて萌を振り返った。

「秋月萌さん」

「……はい」

晴臣は容姿だけでなく、声もいい。

ただ自分の名前を呼ばれただけで、萌の意識はすべて彼に奪われた。晴臣の声で呼ばれると、まるで自分の名前がとても美しい響きに聞こえる。

「俺と結婚しませんか？」

ぼうっと聞き惚《ほ》れていたせいで、彼が発した言葉が耳をすり抜けてしまった。

「……え？」

一瞬、『結婚しませんか』と聞かれた気がする。けれど、まさかこんな安物の服を着てひどい頭をしている女相手に言うセリフじゃない。

「す、すみません。よく聞こえなくて」

「結婚しませんか？　俺と」

今度こそ、きちんと聞こえた。

春の暖かい風がふたりの間をざぁっと駆け抜けていく。

翔子や玲香から『貧相な身体』と嘲笑されるほど痩せこけた萌は、強い風と彼の口から出た予期せぬ発言に思わずよろめいた。

(結婚……?)

目の前の晴臣はからかっているわけでも冗談を言っているふうでもなく、至極真面目な顔をしている。だからこそ意味がわからない。

「ふたりきりだし、堅苦しい話し方をやめても?」

「ど、どうぞ」

萌が頷くと、晴臣は「ありがとう」と微笑みを浮かべる。その柔らかい表情は誰もが惹き込まれるほど魅力的で、萌は頬が熱くなるのを感じた。

「こんなことを言うのは失礼だけど、俺はこの見合いで結婚を決める気はなかったんだ。相手がどうというより、これから仕事が忙しくなるからタイミングが悪くてね。でも早く結婚して安心させてほしいという父の気持ちもわかる。だからいずれは父の選んだ女性と結婚するのに異存はない」

萌はただ黙って彼の言葉を聞いていた。大企業の御曹司にとって、結婚は自分の意志でするものではないらしい。

わかりきっていたはずなのに、彼の口から直接『この見合いで結婚を決める気はなかった』と断言されると、なぜか傷ついたように胸がチクリと痛む。

「でも今日見合いの席について、君と結婚しようと思った」

混乱して二の句が継げない。つい先ほど結婚を決める気はないと彼自身が言ったばかりだ。

「ど、どうして私なんかと結婚を……？」

ちぐはぐな話に首をかしげる萌に、晴臣は力強い眼差しを向けた。

「君は、今の現状から抜け出したいと思わないか？」

そう問われ、萌は目を瞬《またた》かせる。

「重ねて失礼なことを言うけど、君のご家族の対応は、まともな大人のものとは思えない。実の娘だからと君の従姉妹を連れてきたのまではいいとしても、まるで彼女が見合い相手のように振る舞っていたし、席順や振り袖を着ているのにも驚いた」

「……申し訳ありません」

晴臣は言葉を選んで話してくれているが、声音には隠しきれない不快感が滲んでいた。

「君が謝る必要はないよ。彼女たちの君に対する言葉の数々は、身内の謙遜にしても聞くに堪えないものだった。俺だけじゃなく両親も同じ気持ちのはずだ。俺たちの前でもああいう発言が飛び出すということは、普段からひどい扱いを受けているんじゃないか？」

「それは……」

唐突にプライベートな部分に踏み込まれ、萌はたじろいだ。初対面の、それも秋月工業の取引先の御曹司相手にどう話したらいいのかわからず、口を噤《つぐ》む。

するとその様子を見た晴臣が一歩進み出て、萌との距離を縮めた。

「父が君の父上と親しかったようだし、この見合いで身上書ももらっているから君の事情はわかっているつもりだ。早くに両親を亡くして、あの一家に引き取られた。そして今も君は彼らと生活をともにしている」

「……はい」

その通りなので頷く。

「今日の君たちを見ていれば、とても健全な関係とは思えない。まさか……その髪も？」

鋭い指摘に、萌はひどい髪色を隠すように手で頭を覆った。

その様子で自身の言葉に確信を得たのだろう。晴臣は強い眼差しで言い切った。

「もし今の環境を変えたいと思うのなら、俺を利用すればいい」

「利用……？」

「俺は結婚に憧れているわけじゃないから相手の女性に対する希望や要望はないし、ある程度円満ならそれでいい。ただ、相手はそうじゃないかもしれない。結婚生活に夢を抱いている女性は少なくないだろうしね。もちろん誠実な夫であるつもりだけど、同じだけ愛情を返してほしいという要求を実現できる保証はない。だからこそ、君とならうまくやっていけると感じた」

彼の言う意味が理解できず、萌は彼の言葉の続きを待った。

「俺は両親を安心させるため、そして会社を継ぐ身として社会的信頼や跡継ぎを得るために結婚したい。君はあの家族から離れるために、結婚という手段を使って家を出る。お互いにメリットがあると思わないか？」

「家族から、離れるために……」

両親を失った中学二年生から今日まで、何度も考えた。

学生時代、明るく素直だった萌に友達は少なくなかった。両親の死後、家事を押しつけられるのがつらくて友人の家に泊まりに行くと、数日後にはその友人は萌を無視するようになった。

そんなことが何人も続き、ある日、その事実の裏には玲香の存在があったと知った。萌と仲良くしているのを理由に、友人たちは玲香や彼女の取り巻きから嫌がらせを受けていたのだ。

そうして離れていった友人たちを責められず、萌は誰かを頼ることもできないまま、家でも学校でも孤立していった。

大好きだった両親を亡くし、仲のよかった友人を失い、萌は生きる意味を見出せないまま大人になった。萌の人生から徐々に色がなくなり、虐げられながらも惰性的に叔父の家で暮らし続けている。

「もしも君が結婚に対して夢を抱いていて、相思相愛でないと結婚したくないというのなら、今の話は忘れてくれ。君の夢を否定したいわけでも潰したいわけでもない。でもそうじゃないのなら、考えてみてほしい。君にとっても悪い話ではないと思う」

打算で結婚をするなど考えたこともないため困惑が大きいが、今の環境から抜け出せるまたとないチャンスなのは間違いない。

それは長年思考を放棄してきた萌にもわかった。

（あの家から、出られる……）

呼吸が浅くなり、緊張したように鼓動がドクドクと鳴り響いている。指先を握りしめていないと、全身が大きく震えてしまいそうだ。

萌は無意識にすがるような視線で晴臣を見た。

これまですべてを諦めたような色をしていた萌の瞳に、ひと筋の希望が宿る。晴臣はそれを見逃しはしなかった。


その後、晴臣に仕事の電話がかかってきたため、連絡先を交換して別れた。

彼は自宅まで送ると申し出てくれたが、これから仕事に向かう相手に手間をかけさせるなど申し訳ない。丁重に断り、約一時間かけて電車で帰宅した。

『なるべく時間を合わせるから、試しに結婚を前提に何度か会ってみないか？』

別れ際、晴臣はそう言った。

互いを知るために何度か会って、この先の生活をともにするパートナーとなり得るのかを判断しようということらしい。

打算的な結婚を持ちかけてはいるが、彼は事務的でも冷淡でもなかった。結婚前提で会ってみるという彼の話も、萌の戸惑う気持ちを汲《く》んだ上での提案だとわかる。

けれど萌には男性との交際経験などいっさいないため、その言葉にすら頷くことができなかった。

（あとで連絡をくれるらしいけど、なにを話せばいいんだろう……）

彼の提案に手放しで乗ればいいのか、目的のためとはいえ、よく知らない人との結婚など断るべきなのか。

ホテルから叔父の家に帰るまでの間ずっと考えていたが、その場でムリだと拒絶しなかったのが答えのような気がする。

あの家から出られると聞き、一縷《いちる》の望みに胸が震えた。

もしかしたら今この時が、萌の人生にとって転機なのではないだろうか。

こんなにも必死になにかを考えたのは、ずいぶん久しぶりだ。明らかにキャパシティを超えていて、頭から煙が出そうだった。

けれど、わずかに胸の奥がふわふわと浮き立つような心地がする。

（もしも、あの人の提案に頷いたら……）

ヒステリックな怒鳴り声に怯《おび》えたり、心ない中傷に耳を塞ぎたくなったり、朝が来るたびに憂鬱になったりする毎日から脱却できるかもしれない。

晴臣の連絡先が登録されたスマホを大事に握りしめ、萌は玄関の鍵を開けた。

すると、すぐにドタドタと怒りを滲ませた足音が廊下から響いてくる。

「萌！　いったいどういうこと？　さっき桐生社長から連絡があったのよ！　あんたとの縁談を進めるって」

その声を聞いた途端、胸の奥に差し込んだ光が一気に輝きを失っていく。

すでに振り袖を脱ぎ、ハイブランドのワンピースに着替えを済ませていた玲香が鬼の形相で詰め寄ってきた。その後ろには翔子の姿もあり、玲香と同じ表情をしている。

「私が晴臣さんと結婚するはずだったのに！　秋月工業の社長令嬢はあんたじゃない、私よ！」

学生の頃から彼女は何度も『社長令嬢は自分だ』と繰り返す。それは執拗《しつよう》なほどに。

同い年で同性の従姉妹同士、近所に住んでいるため学校も同じとなれば、多少なりとも比較される。

美しい母親に似て美少女との呼び声が高かった玲香は、自尊心が高く他人を見下すようなきらいがあり友人が少なかった。そのため、目を惹く容姿ではないものの周囲に人が集まる萌に対し、ずっとコンプレックスを抱いていたのだ。

決定的な亀裂が入ったのは、萌と玲香が小学六年生の頃。

萌の父親の陽一が友人と秋月工業を興し会社を軌道に乗せている頃、玲香の父である健二は地元企業に勤めていたが、業績が悪化し給料は激減。

それを憂いて大した知識もないまま株に手を出してしまったのが失敗で、健二は二百万円の損失を出してしまった。

彼は兄である陽一に泣きつき、一度きりと約束の上で補填《ほてん》してもらうと、今度は怪しい投資話に乗り、四百万円ほど騙《だま》し取られた。

再び相談に来た健二に対し、陽一は『約束は約束だ。家族を守る立場なんだから安易な儲《もう》け話に飛びつかず、堅実に生活を立て直しなさい』と、助言はしたものの金銭的な援助はいっさいしなかった。そのため叔父一家は、一時的とはいえ生活がかなり困窮したらしい。

小さいながらも会社社長として成功している陽一、そんな彼に愛されている平凡な妻、なに不自由なく育っている娘の萌。

義理の兄一家を、翔子は『なんて薄情な人なの！　自分たちだけ幸せに暮らして私たちを見捨てるなんて最低な人間だわ！』と事あるごとに罵った。

自分たちが苦しい生活を強いられているのは陽一から援助を断られたせいだと思い込み、陽一だけでなく彼の妻や娘の萌までも逆恨みしている。

そんな翔子の言葉を聞いて育ったため、玲香はさらに萌を憎むようになった。

両親の葬儀の場で『ほらね、薄情な人間にはバチがあたるのよ！』と言い放った翔子と玲香の勝ち誇った笑顔は、今も脳裏にこびりついている。

それなのに中学生だった萌を引き取ったのは、会社の株式や資産などの遺産が目当てだった。

そして立場が逆転した今、翔子と玲香は当時の憤りをぶつけるがごとく萌にキツく当たっているのだ。

「図々しいのは両親譲りね。あんたの両親も、私たちが困っていようと手を貸してくれなかった。私たちが桐生家に玲香を嫁がせたいと知っていながら出し抜こうと考えたの？　育ててやった恩も忘れて……恥を知りなさい！」

「そうよ！　親なしの居候の分際で彼に取り入ろうとするなんて、地味女のくせに最低！」

玲香はシューズボックスの上に飾られている額縁に入った絵を手に取ると、勢いよくたたき割った。ガラスが砕け散り、破片が萌の足にも飛んでくる。

「……痛っ」

八つ当たりで物を壊し、人に怪我をさせるなんて、幼い子供が癇癪《かんしゃく》を起こしているのと変わらない。

（どうして、ここまでされなくてはいけないの……？）

これまで何度も心の奥に湧き上がりながらも押し殺してきた感情だ。それを考えてしまえば、その先には今以上の絶望が待っている気がしていた。

思考を放棄して自分を守っていた萌の脳裏に、先ほどの晴臣の言葉がよぎる。

『もし今の環境を変えたいと思うのなら、俺を利用すればいい』

麻痺《まひ》していた思考回路が、ゆっくりと目覚め始めているような感覚がする。

(この家から出なくちゃ。私、このままじゃダメだ)

「お断りの連絡を入れるように主人に頼んでおいたから、これ以上調子にのらないことね」

「あんたが悪いんだから。ちゃんと片付けておきなさいよ!」

痛みに顔をしかめる萌を見て溜飲《りゅういん》が下がったのか、翔子と玲香は踵《きびす》を返してリビングに戻ろうとする。その時、萌の後ろで玄関の扉が大きく開いた。

「失礼します」

背後から聞こえた声が信じられず、萌はゆっくりと振り返る。

「無遠慮で申し訳ありません。大きな音がしたもので、心配で勝手にドアを開けさせていただきました」

突如姿をあらわした晴臣に玲香も翔子も驚いていたが、すぐに般若《はんにゃ》のような表情を引っ込めると、甲高い声と媚に満ちた笑顔で彼を出迎えた。

「晴臣さん！　どうなさったのですか？」

「あら、先ほどお父様からお電話があったのだけれど、やっぱり萌じゃなく玲香の間違いだったのかしら」

「まぁ！　それでわざわざ訂正に？」

晴臣は見合いの席と同様に口々にしゃべりだすふたりを一瞥《いちべつ》すると、萌の足もとに視線を移し眉をひそめた。それに気づいた翔子が取り繕うように早口で捲し立てる。

「あ……嫌だ、ごめんなさいね。普段はもっと綺麗にしているのよ。見苦しくて申し訳ないわ」

「萌さん、怪我を？」

「この子ったら本当にそそっかしくて、頻繁にものを落として壊すの。粗忽者《そこつもの》で嫌になっちゃう」

「落としただけで、この怪我ですか？」

晴臣の指摘に、翔子の姦《かしま》しいおしゃべりが止まる。

玲香が相当な勢いで投げつけたため、飛び散ったガラス片が萌の膝や脛《すね》を掠《かす》め、ストッキングに血が滲んでいる。

けれどここでそれを正直に言えるほど、萌は強くはなかった。

「おいで。一緒に病院へ行こう」

「病院？」

聞き返したのは、萌ではなく玲香だった。彼女はひどく不愉快そうな顔をしているが、晴臣は意に介さず頷いた。

「傷にガラス片が入っていたら大変ですから。父から電話を差し上げた通り、萌さんとの縁談を前向きに進めさせていただきます。それにあたって、彼女とすぐにでも一緒に暮らしたいと考えています」

「一緒に暮らすですって？」

「ええ。私は今後仕事で多忙になりますし、できるだけふたりの時間を取ろうと思うのなら一緒に住むのが合理的かと」

これには当事者の萌も目を見開いて驚いた。

（一緒に住む？　試しに何度か会ってみるって話だったはずじゃ……？）

頭の中は疑問符だらけだが、晴臣は翔子相手にどんどん話を進めていく。

「ご理解いただけましたか？」

「そんな勝手な……あ、いえ、でも主人に聞いてみませんと」

「秋月社長には改めてご挨拶に伺います。病院の外来時間が終わってしまうと困るので、今日はこれで失礼します」

穏やかではあるが有無を言わさぬ物言いは、やはり大企業を継ぐべき風格を感じさせる。

晴臣は萌を引き寄せ、そのまま肩を抱いて守るようにして秋月家を出た。

近くに停めていた晴臣の車に乗るように促され、萌は大人しく助手席へ座った。

白いセダンはなめらかなボディラインが美しく、内装は黒い革張りで高級感が漂っている。桐の葉を模したエンブレムがフロント部分に輝いていたため、すぐに桐生自動車の製品だとわかった。

「とりあえず病院へ行こう。保険証はある？」

「あの、病院に行くほどではないので大丈夫です。それよりどうして……。お仕事は大丈夫なんですか？」

「指示を出してきたから平気だ。縁談を進めると連絡をすれば、こういう事態になるかもしれないと気づくのが遅かった。俺から提案したのに、肝心なところで守れなくてごめん」

「そんなこと……」

彼は翔子や玲香が激昂《げっこう》する可能性に気づき、すぐに引き返してきてくれたらしい。晴臣にはなんの非もないのに頭を下げられ、萌は驚きに言葉が出ない。

(こんなふうに優しい人は、これまでいなかった……)

両親を亡くした直後は学校の友人たちがそばにいてくれたが、彼女たちも玲香の企《くわだ》てにより離れていった。

就職してからは職場が唯一家族から離れられる場所ではある。しかし働いているのは萌よりもふた回りほど年上の人ばかりで、特に親しい相手はいない。

誰かに助けを求めることも忘れ、思考を切り捨て、ずっとひとりで耐え忍んで生きていた。それなのに、今日初めて会ったばかりの晴臣がこんなにも萌を気にかけてくれている。

彼の温かさを感じて胸がいっぱいになり、目頭がじんわりと熱を帯びる。

「本当に病院へ行かなくても平気?」

車をゆっくりと発進させながら、晴臣がちらりと萌を見た。

涙ぐんでいるとバレているだろうが、それに触れない気遣いも嬉《うれ》しく感じる。

「はい、額縁のガラス片が掠ったただけで、刺さったわけではないので」

「萌が落としたわけじゃないんだろう。こんなふうに怪我をさせて平然としているなんて……。あの場で咄嗟《とっさ》に出た言葉だけど、彼女たちのいる家に帰すなんてできない。俺の家においで」

改めてそう提案され、萌は戸惑った。

「でも、ご迷惑をおかけするわけには」

「俺から提案したんだ、迷惑だなんて思ってない。部屋は余ってるから互いにプライベートな空間は確保できるし、気になるようなら鍵をつけたらいい。それに、もし結婚すればいずれは一緒に住むんだ。早いか遅いかの違いだよ」

「結婚……」

「せっかくこういう縁があったんだから利用すればいい。もちろん俺にも君と結婚することでメリットがあるんだからお互い様だ」

まるで子供に言い聞かせるような優しい話し方が、萌の不安や戸惑いを少しずつ払拭してくれる。

「君が自立できる目処《めど》が立てば離婚する形でもいい。俺のほうは一度結婚さえすれば、あとはうるさくされないだろうしね」

そこで晴臣はいったん言葉を区切った。赤信号になり、車が停車する。

「いろいろ俺の言い分ばかり話してしまったけど。君は、萌はどうしたい？」

名前を呼ばれ、運転席からまっすぐな眼差しに射抜かれた。意見を求められるなど、ずっと忘れていた感覚だ。

必死に考えを巡らせようとするが、翔子や玲香の鬼のような形相《ぎょうそう》が浮かび、なかなか決断ができない。

「ほ、本当に、そんなことをしていいんでしょうか？」

「いいか悪いかじゃない。萌がどうしたいかだよ」

（私は、どうしたい……？）

今のまま、あの家で翔子や玲香に虐げられながら一生を終えるのか。本当にそれでいいのか。

引き取ってもらった恩義は確かにある。けれど理不尽に傷つけられ続ける理由など、どこにもないはずだ。

晴臣の問いに対し、浮かぶ答えはひとつだけしかない。

「わ、私は……あの家から出たい」

切実な願いを口にした声は細く震えていた。

ぎゅっと目を閉じて自分の思いを打ち明けた萌の頭に、ぽんと温かい手のひらが置かれる。

「よく言った」

おそるおそる目を開くと、優しい微笑みをたたえた晴臣が萌を見つめていた。

久しぶりに自分の意志を言葉にした開放感と、身元は確かとはいえ会ったばかりの男性の言葉を鵜呑《うの》みにしていることへの不安、そして目の前の晴臣に対する正体不明のドキドキで、萌の心臓はあり得ないほど速く脈打っている。

きっと今日の選択は、明日からの人生を一八〇度変えてしまうだろう。そう自覚すると、やはり先が見えないことへの恐怖心が芽生えてくる。

そんな時、晴臣がホテルの庭でのセリフをもう一度口にした。

「秋月萌さん。俺と結婚しませんか？」

彼という人物を、萌はまだよく知らない。知っていることといえば、桐生自動車の御曹司で年齢は二十九歳。将来は彼が会社を継ぐらしいという客観的事実のみ。

けれど晴臣は、萌が出会った誰よりも優しい人だと思う。こうして心配して家まで来てくれたのがなによりの証拠だ。

彼は萌になにかを強要したりはしなかった。晴臣自身の意志をしっかり主張しながらも、萌の意見を疎かにはしない。

彼ならば信頼できるかもしれない。それは希望にも似た直感だった。

「私なんかでよければ、よろしくお願いします」

「こちらこそ」

萌が意を決して頭を下げると、それに頷き返した晴臣がゆっくり前に向き直りハンドルを握る。

「うちに行く前に、まずは薬局だな」

そう告げる彼の声は、どことなく嬉しそうに聞こえた。

2. たとえ愛情がなくとも

萌の住む家から車で三十分ほど走り、晴臣のマンションに到着した。

都心とは思えないほど緑豊かな敷地内に南棟と北棟の二棟のマンションが立っており、晴臣の部屋は南棟にある。

坂の多い土地柄かメインエントランスは二階に置かれ、コンシェルジュカウンターの奥には、二棟の間にある大きな中庭を見渡せる一面ガラス張りのグランドラウンジが広がっていた。

さらに一階には住人専用のジムやパーティールーム、ゲストルームにプライベートデスクまで完備されていると聞き、萌は住む世界の違いに何度も驚かされた。

「どうぞ、上がって」

専用エレベーターで最上階の五階へ着くと、カードキーで解錠した晴臣に促される。

「お、おじゃまします」

「まずは傷を洗わないといけないし、どうせならそのまま風呂に入っておいで」

「えっ？」

「ここがパウダールームで奥がバスルームになってる。タオルはそこの棚のものを好きに使って。ドライヤーはここ」

初めて男性の部屋に入るのにも緊張しているのに、初《しょ》っ端《ぱな》からバスルームを借りるなどハードルが高すぎる。

戸惑う萌に、晴臣は「その格好のままじゃ手当てもできないだろ？」と告げた。

確かに傷の手当てをするにはストッキングを脱がないといけないし、自宅に帰る選択肢がない以上、お風呂に入らないわけにもいかない。

だからといって『じゃあお借りします』などと言える性格でもなく、萌はパウダールームの前で佇《たたず》んだまま。

「着替えは俺のもので悪いけど、今日のところは我慢して」

晴臣は棚からTシャツとハーフパンツを取り出すと、ここに来る途中に薬局で買った歯ブラシや下着、メイク落としなど最低限の日用品と一緒に強引に萌に手渡した。

「あの一番奥の扉がリビングだから、上がったらそっちに来て。アプリで事前にお湯は張ってあるし、このドアもちゃんと鍵がかかるから。安心してゆっくり温まっておいで」

一から十まですべて指示されたが、決して不快ではない。強引に思える物言いは、優しさに溢れた配慮なのだと萌にも理解できる。

恐縮しながら受け取ると、晴臣は小さく微笑んでリビングに続く扉の方へ歩いていった。

パウダールームのドアが閉まり、ひとりきりになると張り詰めていた気が少しだけ緩む。

（緊張しすぎて心臓が痛い）

翔子や玲香に対する萎縮して身体が固まる感覚とは違い、晴臣には恐怖を感じているわけではない。

ただこれまで接したことのある大人の男性といえば、父か叔父、学生時代の教師、職場の上司など、みんな萌よりもひと回りもふた回りも年上ばかりだった。

幼い頃の淡い初恋の記憶はあれど、年齢相応の恋愛経験などひとつもない。

それなのに目を見張るほどに優れた容姿をしている男性と、これから結婚を前提に一緒に暮らそうとしているのだ。緊張しないはずがない。

（私、本当にすごい決断をしちゃったんだ……）

ふと、目の前の大きな鏡に映る自分の姿が目に入る。

何度見てもひどい髪は、普段どれだけ感情を出さないようにしている萌でも泣きたくなる。

なるべく注目されないようにと後ろでまとめたが、それでもまだらに色の抜けた髪は見苦しいほどに目立つ。

萌は鏡から目を逸らして髪を解いた。ブリーチ剤でダメージを負った髪はゴワゴワで手触りが悪く、手櫛《てぐし》で梳《す》くだけで傷んだ髪がプチプチと切れる。萌はきゅっと唇を引き結び、服を脱いでそそくさとバスルームに入った。

晴臣の言っていた通り、浴槽にはたっぷりのお湯が張られている。けれど、ゆっくり浸かって優雅なバスタイムを過ごすほど心のゆとりはない。

豪華なバスルームに感嘆する間もなく急いでメイクを落とした。脛の傷が思った以上にしみて痛かったが、シャワーで手早く身体を洗う。

ふかふかのタオルで水気を拭き、彼に借りた部屋着に袖を通して髪を乾かした。長袖のTシャツは指が出ないほど袖が長く、ハーフパンツはウエストが緩い。この格好で出ていくのは心もとないが、他にどうしようもない。

意を決して足を踏み入れたリビングは三十畳はあろうかという広さで、ベージュとグリーンをベースカラーにした落ち着いた大人の部屋といった雰囲気だ。

奥の対面式キッチンに立っていた晴臣は萌に気づくと少し驚いた顔をした。

「早かったね。ちゃんとあったまった？」

「はい、あの、お風呂ありがとうございました」

ぺこっと頭を下げると、こちらに近づいてきた晴臣がクスッと笑った気配がする。

「やっぱり、かなり大きかったね」

「あ、お見苦しくてすみません」

「いや。子供が親の服を着たみたいで可愛い」

そう言われ、萌の頬がかあっと熱くなる。

異性に対する〝可愛い〟とは意味合いが違うのはわかっているが、それでも慣れない褒め言葉がやけに耳に残った。

腰をすっぽりと覆うほど長いTシャツの裾をぎゅっと握っていると、晴臣は中央に置かれたL字型のソファに萌を座らせ、目の前の床に膝をついた。

「あ、あの」

「傷を見せて。かなり痛む？」

「いえっ！　あの、じ、自分で……！」

男性に素足を晒《さら》しているだけでも恥ずかしいのに、手当てをしてもらうなどとんでもない。

思わず膝を抱くように引き寄せて脛の傷を隠すと、その様子を見た晴臣が再び声をあげて笑った。

「ごめん。あまりにも慌てるから、つい。じゃあ俺はキッチンにいるから。ちゃんと手当てしておくこと」

「は、はい」

彼は微笑んだまま萌の返事を聞くと、そのままリビングの奥にある対面キッチンへ歩いていった。

真面目に手当てをしてくれようとしたのか、からかわれただけなのかは定かではないが、男性に対しまったく免疫のない萌にとって、晴臣がどれだけ穏やかで優しい態度を取ろうが緊張してしまう。

（本当に、ここであの人と暮らすの……？）

まるで現実味がなく、お見合いから全部夢だと言われたほうがしっくりくる。けれどジンジンする脛の痛みが、これが現実であると教えてくれた。

萌は薬局で買ってもらった大判の絆創膏《ばんそうこう》を貼って傷を覆ったあと、取れないように包帯で巻いた。

程なくして晴臣が両手にマグカップを持ってキッチンから戻ってくる。

「終わったかな」

「はい」

「もうすぐ夕飯の時間だけど、なにか食べられそう？」

「いえ、あまり」

昼間もろくに食べられなかったが、今日はいろいろありすぎて空腹は感じない。

「だと思った。はい、これ」

手渡されたマグカップからはもくもくと白い湯気が立ち昇り、辺りにふんわりと甘い香りが漂う。

「ホットチョコレート。これならゆっくり飲めばお腹も心も満たされるよ。身上書には書かなかったけど、甘いものに目がないんだ。萌は？」

「私、ですか……？」

「甘いものは好き？」

そう問われ、萌はじっと考えてみる。

自分がなにを好きかなど、この十年考えたこともない。萌が作る料理は叔母や玲香が好きなものであり、自分の好みなど反映させる必要はないからだ。

少し考えて、ようやく萌は頷いた。子供の頃、母が作ってくれたチョコクッキーがとても好きだったことを思い出した。

「好き、です」

「じゃあどうぞ。飲んでみて」

「ありがとうございます。いただきます」

萌はふうっと息を吹きかけてから、マグカップに口をつけた。

とろりとした濃厚な味わいだが決して甘ったるくなく、身体全体を温めて癒やしてくれる。

「……おいしい」

心の底から、そう感じた。

晴臣の家にあるのだから、きっと高級で質のいいものに違いない。けれどそれだけではなく、彼が自分のために淹れてくれたことが、より萌の心に染み入るようなおいしさに感じさせたのだ。

そういえば、母の料理や手作りのお菓子もとてもおいしかった。それは家族を思って心を込めて作ってくれていたからに違いない。

「よかった。これを飲んだら部屋に案内するよ。そうしたら今日はもう休んだらいい。少しだけブランデーを入れてあるから、きっとよく眠れる」

ひと口、もうひと口と飲み進めるうちに、萌の身体はぽかぽかと温まり、心までほぐれてきたように感じる。常に張り詰めていた心の鎧《よろい》がチョコレートの心地よい熱で溶かされ、ぽろりとひと粒の涙となって零れ落ちた。

「本当に、おいしい……あったかい」

誰かが自分のために作ってくれたものを口にするのは、両親を亡くして以来初めてだ。

次々と大粒の涙が溢れるのに構わず、萌はゆっくりとチョコレートを飲む。その様子を、晴臣はただ隣に座って見守ってくれていた。

初めて来た男性の部屋で眠れるだろうかと思ったのは一瞬で、萌のまぶたは徐々に重たくなっていく。

「すごくおいしくて、なんだかふわふわします」

「もしかして酒に弱い？　萌、危ないからマグカップを貸して。部屋の案内は明日にしよう。そのまま眠っていいから」

「でも片付けをしないと、怒られちゃう……」

そう言いながらもすでにまぶたは半分閉じており、船を漕《こ》いでいる状態だ。

朝から見合いに対する極度の緊張と、晴臣からの結婚の提案について慣れないながらあれこれ思考をフル回転したせいで、萌の体力も精神力も限界を迎えていた。

ふわりと身体が倒され、トントンとゆっくりとしたリズムで肩をたたかれると、萌の意識は徐々に夢の中へ引きずられていく。

「片付けは俺がしておく。大丈夫、ここには君を怒鳴りつけるような人はいない。だから安心して眠って」

優しい口調の晴臣の言葉に泣きたいほどの安心感を覚えた萌は、そのまま意識を手放した。


翌日の日曜日。晴臣に誘われて、朝からふたりで家を出た。

萌は昨日着ていたワンピースだが、晴臣は休日らしくラフな格好をしている。前髪を下ろしているせいか雰囲気がかなり違って見えて、カジュアルな装いも似合うのだと感心した。

最初に連れていかれたのは美容室で、彼が話を通してくれていたらしく、他の人の目に触れないように個室で施術をしてもらえた。

担当する美容師から、元の黒髪に戻すか、せっかくなので違う髪色にするかを聞かれ、萌は「チョコレートみたいな色にできますか？」と尋ねた。

自分でもなぜそうしたいと思ったのかはわからない。けれど、昨夜晴臣が淹れてくれた優しく温かいホットチョコレートのまろやかな色味が脳裏に浮かんだのだ。

鏡を見るのもためらわれるほどひどかった髪をチョコレートブラウンという落ち着いた艶のある色に染め直し、トリートメントをして、ついでだからとフルメイクまで施してもらった。

鏡の中にはこれまでとは別人のような萌が映っていて、思わず手で髪に触れると昨日のゴワゴワしたダメージヘアが嘘《うそ》のようにサラサラになっている。

「うん、いい色になったね」

スタッフに呼ばれて部屋に入ってきた晴臣は満足そうに頷き、「よし、じゃあ次に行こうか」と萌を促す。

「あ、でも、お会計は」

「もう済んでるから気にしないで。ほら、行くよ」

彼が続いて向かった先は、萌でも名前くらいは聞いたことがある高級アパレルブランド。

確か玲香がワンピースやコートを買うたびに自慢していたような気がする。萌が着ている服とは価格の桁が違うのだろうと想像がついた。

「さて。萌はどんな服が好み？」

晴臣が萌に問いかける。

「好み……？」

「俺は昨日と今日の萌しか知らないから。普段はどんな服を着ているかとか、どんなテイストが好きだとか、聞かないと選びようがない」

『聞かないと選びようがない』ということは、萌の好みを聞いて、これからここで選ぶつもりなのだろうか。

そう思い至ると、萌は必死に首を横に振った。

これまで働いて得た給料のほとんどを家賃や食費といった名目で叔母に渡していたため、おしゃれに気を使う余裕などこれっぽっちもない。

普段着ているものといえば、ファストファッション店で売っている服の中でも安い商品ばかりで、それすらセール時に購入している。当然選《え》り好みできる状況ではなく、ただ安くて清潔で季節に合えばいい。そんな有り様だ。

このブランドのような高級店で服を選んだところで、萌にはワンピースどころかトップス一枚さえ買えはしない。

困惑する萌をよそに、晴臣は手近にあるラックから数着の服を手に取った。

「俺は萌にはこういう感じの服も似合うと思うんだけど」

「あっあの、私、そんなお金は」

「心配しなくていい。これから生活するのに必要なものを買うんだ、萌に出させるわけないだろう」

「でも、さっきの美容院代も出してもらって……私なんかのために、そんな――」

「ストップ」

低く強い口調で話を遮られ、萌はビクッと身体を竦《すく》ませて口を噤んだ。

普段は穏やかで優しい眼差しを向ける晴臣だが、今は眉をひそめている。

「昨日も言おうと思ったんだ。萌、自分を『私なんか』と卑下するのはやめるんだ。君の本心かもしれないが、聞いている側を不愉快にする」

「あ……」

「俺は君に結婚を申し込んで、君はそれを了承した。いわば俺たちは婚約者だ。その君が『私なんか』と卑屈になっているのは、俺としては気分がよくない」

確かに彼の言う通りだ。

唐突な話に驚き、正直なところ今も頭がついていっていないが、晴臣からの結婚の提案に頷いたのは萌自身。あの家から出たいがために決断したのだ。

『私なんか』と無意識に卑下してしまうのは長年虐げられて育ってきた弊害だが、だからといって相手を不快にする癖をそのままにはしておけない。

変わらなくては。そう思って自分で決めたのだから。

「すみません。気をつけます」

萌が素直に謝ると、晴臣はホッとしたように微笑んだ。

「俺もキツイ言い方をしてごめん。じゃあこの話はこれで終わりだ。大丈夫、これから俺が君に自信を取り戻させるよ」

その後、やはり高級すぎる買い物に恐縮しつつも萌が好きだと感じた服を数着購入し、ふたりでランチをとった。

出会った当初から感じていたが、晴臣はどこにいても目立つ。行き交う人がみんな彼を振り返らずにはいられないほど、その長身と端正な美貌は周囲の目を惹いた。

さらに晴臣は終始穏やかで優しく紳士だった。ドアを開けたり荷物を持ってくれたりするのはごく当たり前といった様子で、レストランで椅子を引いてくれた時には、日本にもこんな王子様みたいな人が本当にいるのだと妙な感想を抱いた。

食事をしながら改めてこれまでの生活の様子を聞かれ、萌はためらいながらも両親の死後どんな生活を送っていたかを話す。

引き取られた直後から家事はすべて萌がしなくてはならなかったことや、大学進学は許されず就職したものの、帰宅後や休日に家業の事務の手伝いを無償でさせられていたこと。誰にも頼れず、ひとり暮らしに踏み出せなかった経緯なども正直に告げた。

「もともと両親と叔父夫婦の仲がよくなかったせいか、私を引き取ったのは会社や遺産目当てだと直接言われましたし、初めから疎まれているのはわかっていたんです」

萌の父が社長の頃は人手も多く会社は安定していたが、ここ最近は工場の経営がうまくいってなさそうで、従業員の離職率も高い。それにもかかわらず、叔母や玲香は贅沢《ぜいたく》をしている。

どこからそんなお金が出ているのか萌は不思議で仕方がない。けれど、それは取引相手である晴臣に告げるべき話ではないため口を噤んだ。

晴臣はずっと険しい表情をしていたが、萌の話を最後まで聞き終えると「ひとりでよく頑張ったな」とサラサラになった髪を撫《な》でてくれた。

「これからは萌がひとりで頑張る必要はない」

晴臣はまっすぐに萌を見つめた。

「結婚をすれば俺は君の夫だ。今後は必ず俺が萌を守るよ。もう昨日みたいな思いは絶対にさせない」

「晴臣さん」

「始まりは変わった形の結婚かもしれないけど、互いに歩み寄りたい。いい夫婦になれるよう努力したいと思ってる。君は？」

「私は……」

いい夫婦と聞いて思い浮かぶのは、仲睦まじかった両親の顔。互いを気遣い、足りない部分を補い合う、娘の萌から見ても理想の夫婦だった。

両親は恋愛結婚だと聞いているため自分たちとは違うが、それでも晴臣は努力をしようと言う。強要するわけではなく、こうして萌の意思を確認してくれる。

萌を対等に扱ってくれる晴臣とだからこそ、いい夫婦になれるよう努力をしたいと、萌も強く感じた。

「私も、いい夫婦になりたいです」

まだ具体的になにを努力したらいいのかわからないけれど、それでも自分にできることならどんなことでも頑張ろうと思える。たとえこの結婚が、互いのメリットのためだとしても。

「よかった。じゃあ早速、ひとつ約束だ」

「はい」

「夫婦になるんだから、俺には言いたいことは言うこと。なんでも我慢してのみ込んでばかりじゃ、いい夫婦には程遠いだろう」

自分の意見を口にするのが苦手な萌にとって、なかなか難易度の高い約束だ。けれど、たった今できる限りの努力をしようと誓ったばかり。

萌は「はい」と大きく頷いた。

「うん、じゃあ買い物を再開しようか。あと足りないものは？　もちろん遠慮はなしだよ」

早速意見を聞かれ、萌はずっと気になっていたものを挙げた。

「できれば、お布団を買いたくて」

「布団？」

「昨夜のようにご迷惑をおかけするわけにはいかないので……」

昨夜の萌は、お風呂上がりに晴臣の作ったブランデー入りのホットチョコレートを飲んでいる途中で眠ってしまったらしい。

目が覚めたらベッドにいて、隣には美しい寝顔の晴臣が眠っていたため、腰が抜けるほど驚いた。

自分で移動した記憶はないので、きっと彼が運んでくれたのだろう。そう考えると顔から火が出るほど恥ずかしい。

萌の様子を見て、晴臣はクスッと笑った。

「迷惑じゃなかったし、ぐっすり眠れたようで安心した。そこで提案なんだけど、昨日みたいに一緒のベッドで寝ることにしないか？」

「えっ？」

「結婚前提だし、そのほうが距離も縮まりやすい。どう？」

そう問いかけられ、萌は結婚を提案する際の晴臣の言葉を思い出した。

『俺は両親を安心させるため、そして会社を継ぐ身として社会的信頼や跡継ぎを得るために結婚したい』

彼の妻になるということは、桐生自動車の跡継ぎをもうける責務を負うことになる。そのためには、いずれ彼と身体を重ねなくてはならない。

萌はまったくの恋愛未経験で、子作りに関しては保健体育程度の知識しかないが、それも努力するべきうちのひとつだろう。

恥ずかしいからといって彼の提案を拒否するべきではないと、萌は真面目な顔で頷いた。

「晴臣さんが、ご迷惑じゃないのなら」

確認するように顔を覗《のぞ》き込まれ、たったそれだけの仕草でも恥ずかしくて顔が赤くなる。
「萌の気持ちは？」
（確かに今のままじゃ、いつまで経っても距離を縮められない……）
彼と同じベッドで眠るなんて緊張するし、キスどころか手を繋いだこともないのに
夫婦の営みをするとなると、少しの恐怖心もある。
（でも晴臣さんとなら、大丈夫な気がする）
そう結論付けた萌は、膝の上でぎゅっとこぶしを握りしめた。
「恥ずかしいし緊張しますけど、頑張りたいです」
正直に、誠実に、きちんと自分の意見を伝えようと、萌は耳まで真っ赤に染めなが
らまっすぐに晴臣を見つめ返す。
すると晴臣は驚いたように目を見張り、すぐに視線を逸らすと「……今のはずるい
だろ」と呟《つぶや》いた。しかし、その小さすぎる声は萌には届かない。
買い物を再開し、萌の自室に置く家具などを一式購入した。最後に彼のお気に入り
だというパティスリーでチョコレートフィナンシェを買って帰宅する頃には、すでに
日が傾き始めていた。

それに気づかないほど充実した一日を過ごしたのは、両親を亡くしてから初めてだった。

＊　＊　＊

晴臣と暮らし始めて一週間ほど経つと、彼との生活にも少しだけ慣れてきた。

朝は同じ時間に起きて一緒に朝食をとり、夜は萌が仕事終わりに食材の買い物をして夕食を作る。

毎日定時で上がれる萌と違い、晴臣は多忙だ。彼の仕事が早く終われば一緒に食べる日もあるし、遅くなるようなら先に食事を済ませている。

先日、食費や日用品、他にも服など足りないものがあれば使うようにと、晴臣からクレジットカードを渡された。彼は生活にかかる費用のいっさいを萌に出させるつもりはないらしい。

その代わり、萌は掃除や洗濯、料理など家事のすべてを自分が担当すると申し出たが、彼は当初首を縦に振らなかった。

『萌は俺の妻になるのであって、家政婦じゃないよ』

晴臣はそう言うが、萌としては彼の高級マンションに住まわせてもらい、食費も生活費も受け取ってもらえないとなると、どうしても心苦しく感じてしまう。

幸か不幸か学生の頃から一手に家事を引き受けていたおかげで、すでに仕事終わりの家事は生活の一部となっていて苦ではない。特に料理は好きなのでやらせてほしいと頼むと、『萌も仕事をしてるんだから、ムリはしないように』と苦笑しながら了承してくれた。

今日も萌は仕事終わりにスーパーへ寄り、手早く数品の夕食を作り終えたところで晴臣が帰ってきた。

「ただいま。すごくいいにおいがする」

「おかえりなさい。昨日リクエストしてくださったチキン南蛮《なんばん》です」

「やっぱり。においだけでお腹空いてきた」

「すぐに準備するので、着替えてきてくださいね」

リビングに顔を出した晴臣にそう告げると、彼はキッチンに立つ萌に近づく。

「ありがとう」

そして、ぽんぽんと軽く頭を撫でてから自室へと足を進めた。

その背中を見送る萌の頬は、鏡を見なくても赤くなっているとわかるくらいに熱い。

（晴臣さんにとったら軽いスキンシップなんだろうけど、毎回ドキドキする……）

同居を始めて一週間、毎日ベッドをともにしているが、萌と晴臣はいまだに男女の仲になってはいない。

初日の萌の緊張が晴臣に伝わったのか、萌が相手ではそんな気分になれないのかはわからないが、ただ同じベッドで眠るのみ。しかしそれが功を奏したのか、徐々に彼と同じ空間にいるのに慣れてきて、今では身体がガチガチになるほど緊張する場面は少なくなった。

けれど、こうして何気なく頭や髪に触れられたり、近距離で目を合わせて微笑まれたりすると、どうにも心臓が落ち着かなくて困る。

胸に手を当てて大きく深呼吸したあと、キッチンからダイニングテーブルへ作った料理を運んだ。

程なくしてスーツから部屋着へと着替えた晴臣が戻ってくると、ふたりで食事をしながら今日あったことなどを話す。たわいない日常が、萌にはとても幸せに感じられた。

「タルタルソース、めちゃくちゃうまい。これも手作り？」

「はい。お口に合ってよかったです」

「ごめん。俺、料理はあんまりしないからどれだけ手間がかかるものなのかわかんないけど、仕事終わりに作るの大変じゃなかった？」

「揚げ物なので時間はかかりましたけど、いつもおいしいって言ってくださるので手間だなんて思わないです」

料理に感想をもらえるのが嬉しくて、萌は毎日張り切って作っている。

時間的にそれほど手の込んだものは作れないが、晴臣が和食が好きだと知り、レパートリーを増やそうと努力しているところだ。

叔父の家で生活していた頃も料理自体は嫌いではなかった。ただ、しなくてはならない義務でもあった。けれど今は晴臣に喜んでほしいと思い、彼のために料理をする。それは萌が考えていた以上に楽しくて、喜んでもらえれば自分自身も嬉しくなるのだ。

萌が自然と顔を綻《ほころ》ばせてそう伝えると、晴臣は驚いたように目を見開いた。

「晴臣さん？」

彼の反応に首をかしげると、晴臣はひとつ咳払いをして「なんでもないよ」と、いつもの表情に戻った。

「ごちそうさま。そういえば、例の買い物はできた？」

綺麗な所作《しょさ》で食事を終えた晴臣から尋ねられる。

「あ、それなんですが……晴臣さん、まだお腹に余裕はありますか？」

晴臣から出された、とあるミッション。それは〝自分の好きなものを買ってくる〟というものだった。

先日、晴臣からクレジットカードを受け取った萌だが、これまで持っていなかったためカード払いに慣れていないのと、やはりすべてを晴臣のお金に頼っているのが申し訳なくて、食材の買い物の際は自分の財布から支払っていた。

それに気づいた晴臣から改めて生活費はカードで払うようにと指摘され、自分で稼いだお金は自分の好きなものを買うようにと言われたのだ。

『自分を甘やかすのも大事だよ』

そう言われても、これまで自分のためにお金を使うことが極端に少なかったせいか、萌には物欲も、これといった趣味もない。

生活に必要なものは先日の買い物で晴臣がすべて揃えてくれたし、と考えた時、あるアイデアをひらめいた。お菓子作りの道具と材料を買い、甘党の晴臣へチョコレートタルトを作ることにしたのだ。

萌は冷蔵庫から綺麗に固まったタルトを取り出し、ひとりぶんにカットする。

「お菓子は初めて作ったので、おいしくできてるかはわからないんですけど」

百貨店などに入っているおしゃれなお店で、見た目も味も上質なチョコレートを買おうかとも悩んだ。けれどやはり自分で作ることにしたのは、この部屋に初めて来た時に彼から作ってもらったホットチョコレートのお礼をしたかったからだ。

そう説明してタルトを晴臣の前に差し出す。

「よかったら食べてください」

「君は……」

萌がホットチョコレートを淹れてもらって嬉しかったように彼にも喜んでほしいと思っていたが、晴臣はただ呆然《ぼうぜん》としている。

なにか間違えてしまっただろうか。もしかしたらスイーツが好きだからこそ、萌のような素人が作ったものは食べたくないのかもしれない。

「ご、ごめんなさい。決して押しつけるつもりはなくて」

「いや、嬉しいよ。自分の好きなものを買っておいでと言ったのに、まさか俺のためにケーキを作ってくれるとは思わなくて驚いたんだ」

晴臣は「早速食べていい？」とフォークを手に取った。

萌が心配そうに見つめる中、タルトを口に運んだ晴臣は、ゆっくり味わうと「うまい」と微笑む。

「いいな。自分のために作ってもらったと思うと、よりおいしく感じる」

以前の萌と同じ感想を告げる晴臣に、萌は心が温かくなるのを感じた。

「よかった」

ホッとして小さく息を吐くと、晴臣がじっとこちらを見つめていた。

「どうしたんですか？」

「ここに来てから、顔色がよくなったな。それに、よく笑ってくれるようになった」

確かにその通りだと萌も自覚している。晴臣と同じベッドなのは緊張するけれど、あの家で萎縮しながら暮らしていた頃よりもぐっすり眠れている。

思考を放棄し、極力感情を表に出さないようにと自分を押し殺すのをやめ、反対に自分で考えるよう意識し始めた。

晴臣が萌の意見を聞こうとしてくれているのもあるし、このままの自分ではいけないという危機感もあったからだ。

それが笑顔に繋がっているかは定かではないけれど、心の枷《かせ》が外れて、格段に息がしやすくなった。この変化は間違いなく晴臣のおかげだ。

改めてお礼を伝えようとするが、至近距離で顔を覗き込まれ、恥ずかしさに視線を逸らす。

「萌？」

「は、晴臣さんから近くで見つめられると、ドキドキしてどうしたらいいのかわからなくなります」

正直に告げると、彼は息をのんだ。

「……そういう君の素直すぎる反応に、俺もどうしたらいいかわからなくなる」

「え？」

「本当にお互いメリットになると思って提案しただけだったんだけど……困ったな」

目の前の彼は片手で目もとを覆い隠し、なにやら困っている様子だ。けれど、萌にはその原因がまったく見当がつかない。

「晴臣さん？」

「いや、それよりタルトはこれで全部？」

「ホールで作ったからたくさんありますよ。おかわりしますか？」

「そうじゃなくて、萌のぶんも持っておいで。一緒に食べよう」

彼から「そのほうがもっとおいしいだろ」と誘われ、萌は無自覚に満面の笑みで頷いた。

＊＊＊

四月三十日。今日は萌にとって特別な日だ。

十年前の今日、両親は中学生だった萌を残し、天国へと旅立ってしまった。

毎年お墓参りはひとりで行っていたが、今年は一緒に行くと言ってくれた晴臣とふたりでやってきた。

墓石を掃除し、花立てに母の好きだった花を活ける。

「萌の両親はどんな人たちだった？」

そう聞かれ、萌は両親の顔を思い出しながら口を開いた。

「仕事ひと筋の父と、そんな父をサポートする母、という感じです。工場のすぐ隣が実家なので、差し入れをする母にくっついて私もよく遊びに行っていました」

ものづくりに情熱を燃やす父と、しっかり者の母。ひとり娘の萌は、彼らの愛情を一身に受けて育った。

忙しい中でも学校の行事には揃って参加してくれたし、長い休みには三人で旅行もした。食卓にはいつも笑顔が溢れ、金曜の夜には父の友人が仕事帰りに家に寄って食事をしたりと、常に賑《にぎ》やかな家庭だった。

「父は酔っ払うと、よく『ねじはすべてのものづくりの根幹だ』って従業員の人たちと熱く語ってました。地味だけど、なくてはならない仕事だから誇りを持ってるんだって」

秋月工業は社歴は浅いながらも、陽一の元に優秀な開発者や職人が集まり業績を伸ばしていた。桐生自動車のような車輌《しゃりょう》関連だけでなく、ロボットなどの産業機器、建設資材などさまざまな分野へ締結部品を卸しており、いずれも相手のニーズを聞き、ものづくりを支えるのだと日夜研究開発に励んでいた。

そんな熱い彼らを見て、いずれ父の仕事の手伝いをしたいと考えていたのに、事故で帰らぬ人となってしまった。

会社は叔父があとを継ぐことになり、実家も彼らの手に渡った。すでに原形がわからないほどに改修されており、今の家は萌にとって両親と過ごした思い出の場所ではなくなった。

さらに高校を卒業するタイミングで萌にも家業を手伝えと言ってきたが、守銭奴《しゅせんど》の健二が自分に給料を払うとは思えない。悩んだ末、家に生活費を入れるのを条件になんとか外に働きに出る許可を取り付けた。けれど、父が大切にしていた秋月工業に入社し、会社を守るべきではなかったかと今も葛藤している。

製品の品質向上よりもコストカットや利益ばかり追い求める叔父の経営にはついていけないと、多くの優秀な人材が秋月工業を去った。そのため品質は低下する一方で、大きな取引先を多数失い、業績は芳《かんば》しくない。

「父が誇りを持って大切にしていた会社がどんどん変わっていってしまうのを、私は見ていることしかできなくて……」

今の秋月工業には陽一がいた頃の輝きがない。重要な顧客である桐生自動車と取引があるからこそ成り立っているが、それもいつまでもつのかわからない。しかし社員ではない萌にはどうすることもできない。

肩を落とす萌に、晴臣は首を振った。

「君が秋月工業に入社しなかったのは正しい判断だった。名前が残っているとはいえ、人が変われば会社も変わる。固執する必要はない」

「そうでしょうか」

「それに、ご両親はあのまま君が彼らと一緒に生活していたほうがつらいと思う。誰だって大切な人には幸せでいてほしいはずだ」

だから、と晴臣はポケットから小さな箱を取り出した。

「あえてここで渡すよ。萌、誕生日おめでとう」

柔らかな微笑みとともに誕生日を祝われ、萌は驚きに固まった。

「どうして……」

両親の命日が萌の誕生日だなんて伝えてはいない。萌にとって四月三十日は悲しみのどん底に突き落とされた日で、あの日以来、とても自分の誕生日を祝う気になんてなれなかった。

けれど、彼は『あえてここで渡す』と言った。

疑問に思って晴臣を見上げると、彼は「身上書は個人情報の宝庫だからね」と冗談めかして笑い、濃紺の箱を上にゆっくりと押し開ける。中からネックレスを取り出すと、萌の背後に回った。

「ご両親の代わりに、これからは俺が毎年君の誕生日を祝うよ」

晴臣は後ろから腕を回し、四つ葉のクローバーがモチーフになっているネックレスをつけてくれた。

「俺はおふたりに会ったことはないけれど、萌が自分の誕生日に暗い顔をしているのを望まないはずだ。だから俺は君がなんて言おうと毎年祝うよ。ご両親が萌をこの世に送り出してくれた日だから」

両親は萌に幸せでいてほしい。暗い顔をしているのを望まない。そう断言してくれる晴臣の優しさに、萌は胸が詰まって息が苦しくなる。

本当は、ずっと誰かに誕生日を祝ってほしかった。ケーキもプレゼントもいらない。ただ『おめでとう』と笑ってほしかった。ずっと両親がそうしてくれていたように。

毎年ひとりでこの場所に来ては、墓の前で『私は大丈夫』と報告していた。

両親が恋しくてたまらない時も、翔子や玲香にどれだけ嫌みをぶつけられても、心配をかけたくなくて決してこの場所では泣かなかった。

けれど今、両親の代わりに誕生日を祝ってくれる晴臣の言葉を聞き、目の奥がツンと痛くなる。

気が緩んだり、ホッとしたり、嬉しかったり……。悲しくもつらくもないのに泣きたくなる時があるのだと、萌は晴臣に出会って初めて知った。

晴臣はいつも萌が欲しい言葉をくれる。彼と一緒にいると、なぜか感情を素直に出せた。とても幸せで、頬が自然と緩む。

「ありがとうございます。すごく嬉しい」

下を向いて胸元を見ると、四つ葉のクローバーが春の光を浴びてキラキラと輝いている。誕生日プレゼントにアクセサリーをもらうなんて初めてだ。プレゼントはもちろん、これからもずっと祝うという彼の気持ちが嬉しくてたまらない。

ぽろりとひと筋の涙が零れた。それを晴臣の長く綺麗な指が拭《ぬぐ》い、口を真一文字に引き結んだ彼は、萌の肩をそっと抱き寄せて包み込んだ。

「は、晴臣さん……？」

突然抱きしめられ、飛び上がるほど驚いた。全身が強張り、ドクンドクンと鼓動が強く脈打っているのがわかる。

周囲に人はおらず、ここにいるのは萌と晴臣だけ。彼の息遣いが鼓膜を震わせ、心臓が痛いほど騒ぎだす。

（これは泣いてしまった私を慰めてくれているだけ。きっと子供をあやすのと同じ）

一緒に住み始めて二週間が過ぎても、萌と晴臣の間にはなにもない。同じベッドで眠っているにもかかわらず、手すら繋がない。最近では『君は先に眠っていて』と、ベッドに入るタイミングすら合わない有り様だ。

容姿も地味で貧相なほど痩せている萌相手では、そういう気分になれないということだろう。

だからこそ、この抱擁に特別な意味なんてないとわかっている。けれど抱きしめられているのは事実で、勝手に胸が高鳴り、ずっとこのままでいたいと願ってしまう。

（あったかい……）

萌は夢見心地で瞳を閉じ、無意識に彼の胸に頬を擦り寄せる。晴臣からは、最近嗅ぎ慣れた、自分と同じ柔軟剤のにおいがする。そのことに不思議なほどに安心感を覚えた。

すると、すぐ上で晴臣が息をのんだ気配がする。自分がなにをしたのかに気づき、萌は慌てて彼の腕の中から飛び退いた。

「すっすみません、泣いたりなんかして。もう大丈夫です」

「あ、あぁ、うん。それならよかった」

唐突に距離を取った萌に驚いたのか、彼は一瞬呆然とした顔をしていた。

一瞬ふたりの間に気まずい空気が流れたが、それを打破したのは晴臣のいつもの穏やかな笑顔だった。

「ご両親に結婚の挨拶をしてもいい？」

「は、はい。ありがとうございます。きっとビックリすると思います」

大学時代の後輩であり最大の取引相手であった桐生自動車社長の息子と自分の娘が結婚するなど、思ってもみなかった未来に違いない。

それもただあの家から逃げたいという理由で、愛のない結婚を。

そう考えるとなんだか急に両親に申し訳ない気持ちになり、胸の奥がチクリと痛んだ。

ふと晴臣に視線を向けると、彼は墓前に膝をつき、両手を合わせて静かに目を閉じている。まるでここに眠っている萌の両親に、結婚の許しを請《こ》うているように見えた。

（普通とは違う結婚だけど心配しないでね。今までよりも、ずっとずっと幸せだから）

こうして一緒にお墓参りに来て挨拶をしてくれる優しい晴臣が相手だからこそ、打算に満ちた結婚の提案にも頷けたのだ。

『せっかくこういう縁があったんだから利用すればいい。もちろん俺にも君と結婚することでメリットがあるんだからお互い様だ』

優しさはあっても、そこに愛情は欠片《かけら》もない。

晴臣の言葉を思い出し、胸に鈍い痛みが走るのに気づかないふりをしたまま、萌も両親の墓にそっと手を合わせた。

3．天国と地獄

お見合いから二ヶ月余り。

晴臣との同居生活は順調で、これまでの生活を思えば、こんなにも幸せでいいのかと不安になるほど満ち足りた時間だった。

朝目覚め、隣でぐっすり眠る晴臣の美しい寝顔を眺めてからそっとベッドを抜け出し、ふたりぶんの朝食を作る時。週に三日はおいしいスイーツを萌のぶんまで買ってくる彼が『萌へのお土産って口実があるから、いっぱい買える』と得意げな顔をするのを見た時。萌の胸は今までにないほど高鳴った。

なによりも萌の心を浮き立たせるのは、晴臣の萌に対する態度に甘さが滲むようになったことだ。

勘違いでなければ、両親の命日に誕生日を祝ってもらって以降、それを顕著に感じる気がする。

萌の作った料理に毎回『おいしい』と感想をくれたり、休日には時間を作ってふたりで出かけたり、晴臣は〝メリットのある結婚〟を提案してきたとは思えないほど心を尽くしてくれている。朝の忙しい時間でも、会話やスキンシップなどのコミュニケーションを疎かにしない。

大事にして、甘やかされている。そう自惚《うぬぼ》れたくなるほど、彼は優しかった。

「今日の夕飯、なにかリクエストはありますか？」

「萌の料理はなんでもおいしいから迷うな。でも作る側は〝なんでもいい〟は困るんだっけ。じゃあ、ハンバーグが食べたい」

「ハンバーグですか？」

洗練された大人の雰囲気を持つ晴臣だが、食の好みはかなり可愛らしい。

チョコレートや大福など和洋問わず甘いものが好きだし、食事は唐揚げやオムライスなど、お子様ランチのようなメニューをよくリクエストされる。

高級なフレンチや懐石料理などを好みそうな外見とは正反対で、萌はひそかに微笑ましく感じていた。

「……今、やっぱり子供舌だなって思ったろ」

わざとらしく眉をひそめた晴臣に睨《にら》まれる。

決してバカにしたわけではなく、いい意味でのギャップが可愛いと思っただけだ。

萌は口を引き結んでブンブンと手と首を振ると、彼の長くて節張った指におでこをツンとつつかれた。

「顔が笑ってる」

ずいっと顔を近づけられ、じっと見つめられる。彼の瞳に映る自分の姿が確認できるほど近い距離に、萌の心拍数が一気に駆け上がっていく。

（ちっ近い……！）

以前は緊張しすぎて心臓が痛かったけれど、今はドキドキしすぎて心臓が痛い。同じ痛みでも甘さが加わったぶん、なんだか落ち着かない。

恋愛偏差値が底をついている萌にも、彼に対する感情が〝恋〟かもしれないとなんとなく気づいている。

晴臣と結婚を前提に同居しているのは互いのメリットのため。そう理解しているのに、どうしたってときめかずにはいられない。

真っ赤に染まっているだろう顔を両手で隠すと、晴臣は小さく笑いながら萌の頭をぽんとたたいた。

「萌の作るハンバーグ、楽しみにしてる」

こうしていちいちドキドキしているのは萌だけに違いないけれど、『楽しみにしてる』と言われて張り切らないわけがない。

退社後、萌は近くのスーパーに寄ってハンバーグや付け合わせのポテトサラダなどの材料と、旬の桃を使ったチーズケーキを作るための材料を購入した。

彼は料理はもちろん、萌の作ったスイーツも『おいしい』と食べてくれる。もっと喜んでほしくていつもいろいろと作りすぎてしまい、一緒にそれらを食べる萌はこの二ヶ月で三キロも体重が増えた。けれどもともとやつれ気味だったため、今くらいの体型のほうが健康的で自分では気に入っている。

（晴臣さん、喜んでくれるかな）

朝のやりとりを思い出すだけでニヤけてしまいそうで、きゅっと下唇を噛んで頬を引きしめる。

エコバッグいっぱいに食材を詰めて帰宅すると、マンションのエントランス前に見慣れた人影が腕を組んで立っていた。

「遅い！　どうせ大した仕事もしてないんだから定時で上がったんでしょう？　さっさと帰ってきなさいよ！」

「れ、玲香……」

なぜ玲香がここにいるのか。

そう考えるよりも前に、久しぶりに聞く萌を罵倒する甲高い声に身体がギクリと固まった。

「家族が住んでるって言ってんのに入れないなんて、このマンションのコンシェルジュはどうなってるのよ！　わざわざ来てやったのに門前払いする気？」

玲香は相変わらず派手なハイブランドのワンピースを着ており、髪は以前のように金髪に近い明るい色に戻っている。

待たされて苛立《いらだ》っているのか、高級住宅街にそぐわぬ金切り声で萌を責め立てた。

「だいたい地味女の分際でこんなマンションに……って、ちょっと、なによその格好……」

玲香は萌を上から下までジロジロと見ると、悔しそうな顔をして睨みつけてきた。

萌が身につけているものはすべて晴臣に買ってもらったため、すべてハイブランドの商品だ。服はもちろん、靴やバッグ、そして誕生日に贈られた四つ葉のネックレスも、洗練された上質なものばかり。

つい先日、最初に染めてもらった美容院で再びトリートメントをしてもらったばかりの髪は艶やかで、そこでメイクのアドバイスをもらって実践しているため、かなり垢《あか》抜けた印象になっている。

なにより、萌自身から発する雰囲気が明らかに違う。自分を支配しようとする家族に萎縮し、すべてを諦めたような瞳をしてた頃とは別人のよう。

幸せそうに買い物袋を持って帰宅した萌を見て、玲香は目を吊《つ》り上げて苛立ちをあらわにした。

「萌のくせに……！　早く家に上げなさいよ！　せっかく顔を見に寄ってやった従姉妹をもてなすこともできないの？」

「ご、ごめんなさい、すぐに……」

玲香の怒鳴り声に反射的に従おうとするが、晴臣の喜ぶ顔が見たくて買った食材が入ったエコバッグを見てハッと我に返る。

（ここは晴臣さんの家なんだから、勝手に上げるわけにはいかない）

かといって自分の要求が通ると信じて疑わない玲香を相手に、どう断ったらいいのかわからない。

叔父の家に引き取られた中学生の頃から、同い年である萌と玲香の間にはハッキリとした上下関係がある。萌にとって、玲香や翔子の命令は絶対だった。

「ちょっと！　聞いてるの？」

「あの、でも、晴臣さんの家だし、私が勝手に上げていいのか判断できなくて……」

「なに言ってるの、今はあんたも住んでるんでしょ？　そこに入るのになんで許可が必要なのよ！」

大声で高圧的に話されると、長年の習慣で頭が考えることを放棄しようとしだす。

反論してより強く罵倒されるよりは、どれだけ理不尽でものみ込んでしまったほうが楽なのだと、過去の経験から学んでしまっていた。

「早くしなさいよ。ったく、相変わらずとろいんだから。あんたの意見なんか聞いてないの。私が部屋に上がるって言ってるんだから、さっさと案内すればいいのよ！」

玲香がうるさいほどにヒールの音を響かせながら詰め寄ってくる。

ずっとそうだった。萌の意思など関係ない。誰も萌にどうしたいかなど聞いてくれなかった。

あの日、晴臣に出会うまでは――。

『いいか悪いかじゃない。萌がどうしたいかだよ』

彼の言葉を思い出し、萌はハッとして玲香から後ずさった。

(流されちゃダメだ。私は変わるって決めたんだから)

慌てたせいか後ろに踏み出した足をひねってしまい、視界がガクンと揺れる。

(わっ……！)

頭から床に倒れるのを覚悟してぎゅっと目をつぶったが、恐れていた衝撃は一向に来ない。

「っと、大丈夫？」

誰かが抱きとめてくれたのだと理解した瞬間、停止しかけた思考を引き戻すように背後から聞き慣れた声がした。

「足挫《くじ》いた？　荷物持つよ、貸して」

萌を心配する優しい声音に、萎縮して固まっていた身体がほぐれていくのを感じる。支えてくれる晴臣の体温が、萌の心まで優しく包むようだった。

ホッとしたもののすぐに声が出ず、首を横に振って大丈夫だと答えた。

そこに、すかさず割って入ってきたのは玲香だ。

「晴臣さん！　お久しぶりです。近くに来たものですから寄ってみたんです。萌がご迷惑をおかけしてないか心配で。この子はとろいし気が利かないし、なにより女性としての魅力も欠けていて……ご不満もあるでしょう？」

彼女は晴臣の登場に嬉々《きき》として話し始める。

『女性としての魅力も欠けていて』という玲香の発言に、ギクリと身体が竦んだ。実際に男女の仲になっていないのを見透かされているような気がした。

萌に対するひどい言い草に晴臣の視線が凍てつくほど冷たくなっているのに気づか

ない玲香は、彼の腕に触れながら話し続ける。

「そうそう、ここのコンシェルジュサービスにはクレームを入れたほうがいいですよ。家族だと伝えているのに追い返そうとするなんて、ホスピタリティの欠片もないわ。いったいどういう教育をされているのかしら」

綺麗にネイルの施された玲香の細い指が彼に触れるのを見て、萌は息苦しさに似た胸の痛みを覚えた。

（やだ、晴臣さんに触らないで……）

そんな考えがよぎった自分に驚き、同時に卑しく感じた。

互いのメリットのために結婚を提案されたにすぎない関係性のはずが、ひどい環境から救われ優しく接してもらううちに、身のほど知らずな独占欲を抱いている。

しかし、この感情が純粋な恋心なのか、それとも居心地のいい環境を与えてくれた彼を手放したくないだけの打算的な執着心なのか、ずっと自分の気持ちに自信が持てないでいた。

「ここで立ち話もなんですから。ねぇ、萌？」

早く家に上げろと言わんばかりの玲香の視線から守るように、晴臣が萌の肩を抱いて自分の胸に引き寄せた。

ふわりと香る彼のにおいに安心して、泣きたくなるほど胸が締めつけられる。

（打算なんかじゃない。やっぱり私は晴臣さんが好き……）

きっかけはあの家から離れる機会をくれたことかもしれない。しかし、だからといって誰でもよかったわけじゃない。

強引な優しさで萌を導き、意思を尊重してくれる。日々のコミュニケーションを疎かにせず、ちょっとした話にも耳を傾けてくれる。両親の代わりに、これから毎年誕生日を祝うと約束もしてくれた。

そんな晴臣だからこそ急速に惹かれ、生まれて初めての恋に落ちたのだ。

萌が彼の胸の中から見上げると、晴臣は大丈夫だと柔らかい笑顔を向けた。そして、視線を玲香へと移す。

「そうですね。では俺たちはこれで失礼します」

「……え？」

穏やかな口調で微笑んでいるにもかかわらず、玲香を見やる晴臣の瞳はまったく笑っていない。不穏な雰囲気をようやく察知した玲香は、呆気《あっけ》に取られて晴臣を見つめている。

「ご心配されなくとも、俺たちはとてもうまくいっています。萌に不満なんてなにひとつない。結婚式の日取りが決まったら連絡するとご両親にお伝えください。あぁそれから、このマンションのコンシェルジュは優秀ですよ。不審人物を敷地内に入れないのは、防犯面でも基本中の基本ですから」

「なっ、私が不審者だとでも言いたいんですか？」

「少なくとも招かれざる客であることは間違いないですね。ご存知ですか？　コンシェルジュカウンターの内側には、すぐに警察に通報できるよう非常ボタンが設置されています。これ以上ここで騒ぐようなら、彼らは躊躇《ちゅうちょ》なくボタンを押すでしょうね」

晴臣の声は、普段の穏やかな彼とは別人かと思うほど冷ややかなものだった。

玲香はコンシェルジュカウンターをバッと振り返ると、怪訝《けげん》な表情でこちらを注視している壮年の男性を見て悔しそうに唇を噛んだ。

「理解できたのなら、どうぞお引き取りください」

「な、なによっ！」

「それと、彼女ほど魅力に溢れた女性に出会ったことはありません。俺の婚約者を侮辱しないでいただきたい。不愉快だ」

彼がそう言い切ると、顔を真っ赤にした玲香は反論もできない様子だった。

晴臣は萌の肩を抱いたまま歩きだす。萌は振り返ることもできないままエントランスホールへ足を進めた。

「大丈夫だった？」

「はい。身内が騒ぎ立ててすみません」

エレベーターに乗り込むと、萌は頭を下げた。

晴臣に対し申し訳なく思っているのは本当だ。けれどそれ以上に、玲香に告げた彼の気持ちが嬉しくて仕方がなかった。

「正式に入籍をしたら、もうあの一家とは関わらなくていい。もうじき秋月工業との取引も終わる」

「え？　そうなんですか？」

「あぁ。だからこれ以上、君が彼女たちの言動に傷つく必要はないんだ」

「晴臣さん」

いつも萌の心を守ってくれる。そんな晴臣に惹かれないはずがない。

晴臣は顔にかかった萌の髪をさらりと耳にかけ、そのまま大きな手で頬を包み込む。

「俺が君の家族になる」

頼もしい宣言に、萌は目を見張った。

彼の言葉や優しさを嬉しく感じる反面、晴臣に惹かれているのを自覚し、恋しく感じているのは自分だけなのにと切なくなる。

（それでもいい。初めて恋した人の妻になって、彼の役に立てるのなら）

彼はいずれ父親の選んだ女性と結婚するつもりだったと言っていた。もしも萌との話が破談になっていたら、いずれ彼の隣には別の女性が寄り添っていたのだろう。

その姿を想像するだけで、胸が張り裂けそうに痛む。

萌が思わず晴臣のシャツの胸元をぎゅっと握ると、彼の喉がグッと鳴った。

部屋まで無言のままたどり着き、玄関のドアが閉まった瞬間に抱きしめられる。

「ひゃっ」

「萌、君を抱いてもいいか？」

一瞬、萌の思考回路が停止した。

自分に投げかけられるにしてはあまりに非現実的なセリフで、理解が追いつかない。

（だって、まさか、そんな……）

晴臣の腕の中で身じろぎできないまま、頭の中で意味のない単語ばかりがぐるぐると駆け巡る。

けれど徐々に言われた言葉が身体中に染み込んでいくと、恥ずかしさとともに女性としての喜びが溢れてくる。

彼と家族になりたい。晴臣の妻となり、彼に抱かれてみたい。

それは紛《まぎ》れもない萌の本心だった。

自分の本音を自覚すると、鏡を見なくてもわかるほど顔だけでなく耳までも真っ赤に染まり熱くなっていく。

彼の問いに頷くだけでいいのだろうか。それとも心に芽生えた恋心を打ち明け、抱いてほしいと告げるべきなのだろうか。

そう考え、はたと気づく。

（晴臣さんは、私をどう思っているんだろう？）

『抱いてもいいか？』と聞かれはしたが、好きだと好意を示されたわけではない。

この二ヶ月、一緒のベッドで眠っていたにもかかわらず、キスどころか手を繋いでもいない。

彼は端正なルックスに桐生自動車の御曹司という肩書きがあり、さらに本人の性格もよく非の打ち所のない男性だ。きっと彼のそばには可愛くて綺麗な女性がたくさんいたに違いない。

いくらここ最近は健康的な体型になってきたとはいえ、貧相な身体と言われる萌を相手にそんな欲を抱くとは思えない。

だとしたら、彼の発言の真意は？

そう考えた時、ひとつの仮定が萌の脳裏に浮かぶ。

晴臣は桐生自動車の御曹司であり、跡継ぎを望まれているのだ。彼の妻になるからには身体を重ね、子供をもうけるのは当然の責務なのではないか。

恋愛偏差値の低い萌には与《あずか》り知らぬことだが、世の中には〝身体の相性〟という言葉もある。もしかしたら、結婚前にそうしたことも確かめるものなのだろうか。

(恥ずかしい……。うっかりひとりで浮かれるところだった)

顔中に集まっていた熱が、すっと冷めていく。

萌は晴臣の胸を少しだけ押し返し、神妙な眼差しで彼を見つめた。

これは義務のようなもの。だから舞い上がったり落ち込んだりしてはいけない。

きっと彼は萌ではなく、跡継ぎを求めているのだ。

そう考えて、自分を落ち着かせるようにゆっくりと頷いた。

すると、萌の表情を見た晴臣が眉根を寄せ、次いで納得したように「あぁ、今のは俺が悪い」と片手で顔を覆った。

「違うよ、萌。夫婦としての義務とか、跡継ぎが欲しいとか、そういう意味じゃないから」

「……え？」

「萌が好きだ。だから、君を抱きたい」

今度こそ、思考が停止した。

「一緒に生活して、純粋でひたむきな萌に惹かれた。さっき彼女に向けた言葉は嘘じゃない。俺は誰よりも君を魅力的だと感じている。打算的な結婚の提案をした俺からこんなふうに言うのはずるいと思う。でも、君が好きだ」

晴臣からの予想外の告白に、萌はただまばたきを繰り返して彼を見上げる。

彼の言葉を一言一句聞き逃したくないのに、耳が拾うのは『君が好きだ』という信じられないセリフだけ。

夢の中をふわふわとさまよっているような、地に足が着いていない感覚がして、これが現実なのかわからないほどだ。

強い眼差しに囚われ、頭の中がぼうっとする。

そんな中、口にできたのはひと言だけだった。

「嬉しい……」

いつから？とか、どこを？とか、そんな疑問が浮かばないほど、ただ彼の想いが嬉しかった。まさか彼も自分と同じ気持ちでいてくれただなんて。

喜びを噛みしめながら呟いた萌を見た晴臣は、ひょいと萌を横抱きにする。

「きゃっ」

彼が迷いのない足取りで向かったのは寝室で、普段は萌も使っているベッドなため見慣れているはずなのに、急に妙な存在感を醸し出している。

晴臣は宝物を扱うようにそっと萌をベッドに横たえると、自身も萌に跨《また》がるようにベッドに乗り上げた。

熱い視線で見下ろされ、ドキドキと心臓が壊れんばかりに高速で脈打つ。なにか言わなくてはと焦り、浮かんだのは今朝の晴臣との約束だった。

「あっ、ハンバーグ」

ベッドの上で見つめ合う状況にそぐわぬ発言にもかかわらず、晴臣は呆れたり咎《とが》めたりはしなかった。

「うん、俺がリクエストしたのにごめん。でも今は萌が欲しい」

そう言う晴臣の瞳には、萌にもわかるほどの熱情が浮かんでいる。

萌にとっては初めての経験だが、不思議なほど怖くない。

晴臣に求められている。それがただ幸せで、萌は同じくらいの熱い眼差しで晴臣を見上げる。

するとゆっくりと近づいてきた晴臣の唇が、萌の頬を啄《ついば》む。

「……いい？」

ここにきても萌の意思を確認してくれる晴臣の優しさに触れ、自然と笑みが零れた。

「はい」

萌が頷いたのが合図となり、そっと唇が重なる。

触れ合うだけのキスから徐々に深くなっていき、萌はただ翻弄され続けた。

一枚ずつ衣服が取り去られるたびに羞恥に顔を染め、自分でも触れたことのない場所に彼の舌が這《は》わされた時には恥ずかしすぎて泣いてしまったけれど、それでもやめてほしいとは思わなかった。

「これで、君は俺のものだ」

ようやくひとつになった時、涙で滲む視界の向こうに見える晴臣はグッとなにかをこらえるような表情で言った。

萌の顔の横で両肘をつき、労るように抱いてくれる彼の頬にそっと指をすべらせる。

身体を裂かれるような痛みが過ぎると、ただ与えられる大きすぎる快感に喘《あえ》ぐしかできない。

普段は優しく穏やかな晴臣が、余裕のない表情で萌を求めている。何度もキスを交わし、きつく抱きしめ合う。言葉ではとても伝えきれない想いを直接与え合っているような行為は、泣きたくなるほど幸せだった。

＊　＊　＊

人生における幸せの総量というのは決まっていると、なにかの本で読んだ。

それならば萌はこの十年で一生ぶんの不幸を味わったのだから、あとは幸せな未来しか待っていないはずだ。

それでももう受け取れる幸福を使い果たしてしまったのではと不安になるほど、満ち足りた毎日が続いている。

玲香がこのマンションに来たのは萌に代わって自分が晴臣の妻の座を狙ってのことだろうが、あの日以来音沙汰はない。

プライドを傷つけられて怒り心頭な様子だったため、再びなにか因縁をつけに来るか、この結婚自体に反対したり妨害してきたりするかと思ったが、どうやら杞憂《きゆう》だったらしい。

晴臣の言う通り、これからは彼と家族になるのだ。もう叔父の家でのつらかった日々は忘れて、ふたりで穏やかに暮らしていきたい。萌の願いはそれだけだった。

七月初旬。初めて晴臣と身体を重ねてから十日ほど経ったある日、晴臣に急遽《きゅうきょ》五泊六日の海外出張が入った。

「行きたくないな。四日間も萌と離れるなんて」

出発の朝、晴臣は玄関で萌を抱きしめながらそう嘆いた。耳もとに甘い声音で囁《ささや》かれ、萌は朝から腰が抜けそうになる。

あの日以降、晴臣の甘さに拍車がかかっていて、恋愛初心者の萌は対応しきれない。もちろん大切にされていると実感できて嬉しいけれど、それにどう応えたらいいのかがわからないのだ。

『もう我慢はしなくていいんだよね？』

そう言って、彼は連日のように萌を抱いた。普段の穏やかな表情とは違い、情欲を滲ませた男の顔を見せる晴臣に、毎晩翻弄されっぱなしだった。

彼の甘い声が昨晩の濃密な時間を彷彿《ほうふつ》とさせ、萌は慌てて頭から記憶を追い出した。

「お、お身体に気をつけて頑張ってきてください」

真っ赤になりながらなんとか言葉を紡ぐと、彼がクスッと笑った。

「うん、なにかあればすぐに電話して」

「はい。いってらっしゃい」

「行ってくる」と頰にキスを落とし、晴臣は出ていった。


萌の元に一本の電話が入ったのは、その翌日の夕方だった。

『勝手に出ていったと思ったら、まったく音沙汰もないなんてどういう不義理な子なの！　分不相応な結婚を認めてやるんだから、こっちの手伝いくらい言われなくてもちゃんとしなさいよ！』

電話口で話す翔子の声は、相変わらず居丈高《いたけだか》で一方的だった。

彼女の話によると、忙しくて事務作業に手が回らないほど人手が足りていないらしい。

だからといって、本来萌にはなんの関係もない。

これまでも何度か休日に事務仕事を手伝わされることはあった。いくらもともと父の会社だったとはいえ、こうして離れて暮らしても呼び立てられるだなんてやはりどう考えてもおかしい。

晴臣と暮らし始めて正常な思考力が戻った萌はそう感じるものの、翔子の電話を無視することはできなかった。長年植え付けられた主従関係のような歪《いびつ》な鎖は、いまだに断ち切れていない。

いつかの晴臣の言葉が頭に浮かぶ。

『正式に入籍をしたら、もうあの一家とは関わらなくていい。もうじき秋月工業との取引も終わる』

『だからこれ以上、君が彼女たちの言葉に傷つく必要はないんだ』

中学生で両親を亡くした自分を引き取ってもらった恩義はある。けれどその恩はこの十年、無心で彼らに尽くすことで十分に返したはずだ。

叔父の健二や従姉妹の玲香とは血の繋がりがあるとはいえ、葬儀の場で『バチがあたった』などと言い放った彼女たちを家族とは思えない。

晴臣と家庭を築いていくのなら、もう彼らに怯えながら生きていたくはない。

それならば、ただ晴臣に守ってもらうのではなく、自分から叔父一家に決別を告げるべきだ。

桐生自動車と秋月工業の取引が終わるというのは意外だったし、叔父がそれを知っているのかは不明だが、晴臣が言うのだから間違いないだろう。

会社同士の繋がりが切れるのならば、萌と叔父一家の縁を切るのも難しくはないはずだ。

（もうこれっきりにしてほしいって、私の口からちゃんと話そう）

秋月工業に手伝いに行くのも、彼らの言いなりになるのも、家族でいることすら、もう終わりにする。

そう決意した萌は秋月工業へ向かった。

父がいた頃の工場とはかなり様変わりしていて、今では見知った顔はほぼいない。

入口を入ってすぐ右手に事務所がある。陽一はこの事務所にデスクを置いていたが、健二は奥の応接室だった場所を社長室にして、そこで仕事をしている。

萌はノックをして社長室のドアを開けた。以前あったはずの、自社のねじがずらりと並べられていたガラスケースは処分されており、工場や事務所の雰囲気とは打って変わっておしゃれな執務デスクと豪華な応接セットが置かれている。

「あぁ、やっと来たか」

健二は気だるそうに立ち上がると、挨拶もなく自身のデスクへ萌を座らせた。

「これを全部入力をしろ。ただ書いてある通りの科目と数字を打ち込めばいい」

健二は乱雑に箱に入れられただけの領収書や発注書などの山を押しつけると、そのまま社長室から出ていった。

（こんなに溜《た》めてるなんて……。経理担当の人はどうしたんだろう？）

ざっと見ただけでも三ヶ月以上前の日付もある。月次決算を疎かにしているなんて、どれだけ人手が足りていないのだろう。

不可解に感じるものの、今は考えても仕方がない。これを終わらせない限り、きっと萌の話など聞いてもらえない。

自身の職場でも経理部で働く萌は、秋月工業の杜撰《ずさん》な帳簿管理に眉をひそめながらも慣れた手つきで黙々と科目や数字を打ち込んでいく。

しかしそう時間も経たないうちに、看過できない領収書の多さに手を止めた。

（これと、それにこれも、経費とは言えないんじゃ……）

接待交際費として高級レストランの領収書がかなりの枚数あるが、帳簿にはどこの取引先と会食をしたのかという記載はいっさいない。一枚ずつ確認してみると、アフタヌーンティーやビュッフェ式のレストランなど、およそ会食に使用するような店ではなかった。

それだけでも首をかしげたくなるが、さらに眉をひそめたのは高級ブランド店の領収書だ。ほとんどがアパレルショップやジュエリー店、化粧品店など、ねじ工場には無関係と思われる店のものばかり。いずれも一件で二十万から三十万円という高額な買い物で、この三ヶ月で百万円以上にのぼる。

（これ、叔母さんと玲香の私的な買い物なんじゃ……）

萌の脳裏に恐ろしい言葉が浮かんだ。

（もしそうだとしたら、脱税とか横領になるよね……？）

私的な飲食代を接待と偽って経費に計上したり、業務に関係のない私物を経費で購入したとなれば、それは明らかに違法行為だ。

あまり業績がよくないはずなのに、なぜ翔子や玲香が贅沢ができているのかずっと不思議だった。

まさかその理由は、父の遺した会社で悪質な犯罪行為で賄《まかな》われていたということだろうか。

震える手で以前の帳簿を遡って見ていくと、どうやら経費の不正使用が始まったのは今から六年ほど前。ちょうど秋月工業の業績が落ち始め、もともといた社員が大量に辞めてしまった翌年だった。

経理の人間が自発的にこのような不正をしたとは思えず、社長と副社長である健二と翔子が関わっている可能性が高い。

知ってしまった以上、このままにしておいていいはずがない。かといってどうすればいいのか、自分の取るべき行動がすぐには思い浮かばなかった。

領収書の束を前に固まっていると、「パパー、終わったー？」と職場にそぐわぬ大きな甲高い声が響いた。

ドアに視線を向けると、ノックもなく我が物顔で玲香と翔子が社長室に入ってくる。これからどこかに出かけるのか、ふたりはずいぶんと気合の入った格好だ。

「あら？　辛気臭い顔をしてるのがいると思ったら」

翔子はパソコンに向かう萌を見つけると、カツカツとヒールの音を響かせてデスクに寄ってくる。

「まったく、いい身分よね。ちょっと桐生の御曹司に気に入られたら、育ててやった恩を忘れて実家の手伝いもしないなんて」

笑顔を貼り付けているが、瞳の奥はまったく笑っていない。口の片端だけを上げ、顎を反って見下す態度に萎縮してしまいそうになる。

顔を合わせた途端に嫌みを言われ、つい俯いて目を伏せると、視界に映ったのは不正が疑われる領収書の束。

（やっぱり、知らないふりなんてできない）

このまま帳簿に記入してしまえば、萌自身も犯罪の片棒を担ぐことになる。

ここに来たのは、もう彼女たちに振り回されるのを終わりにするため。晴臣と手を取り合い、幸せに向かって走りだすために、過去の弱い自分に終止符を打ちに来たのだ。

萌は緊張と不安に震える自分を鼓舞し、デスクに置かれた領収書の束を彼女たちに差し出した。

「叔母さん、この領収書……本当に業務に必要なものですか？」

「はぁ？　急になんの話をしているの？」

「接待費や食事代も多すぎるし、ブランド店での買い物なんて、この会社には必要ないですよね？」

美しい眉根をひそめる翔子にひるみそうになるが、それでも震える声で言い募った。

「業務に関係のないものを経費計上するのは、横領や脱税にあたります」

今、彼女たちの身を飾っているもの。そのきらびやかな装飾品がすべて会社の経費から出ているのだとしたら、それは犯罪行為だ。

こんなことはやめてほしい。父の大切にしていた会社を、ものづくりに対する情熱を、汚すような真似はしてほしくない。

その一心で初めて意見をぶつけた萌に対し、翔子は小バカにするようにせせら笑った。

「私たちの会社よ。その金をどうしようと私たちの勝手でしょう。あんたにどうこう指図される筋合いはないわ」

「そんな……いくら社長や副社長だろうと、会社の資産を個人的に使うなんて」

「いい加減にしてちょうだい！　これまでなにも問題がなかったのよ！　あんたは頼まれた雑用を黙って済ませればいいのよ！」

萌は食い下がるも、苛立った翔子に大声で捲し立てられ言葉が出ない。

翔子は経営に携わっておらず、副社長という肩書きが名ばかりなのは一緒に住んでいた頃から理解していた。

しかし会社と個人の資産の区別がついていないというのは考えられないし、本気で言っているのだとしたらあまりにも無知がすぎる。

翔子だけではない。それを黙認している健二もなにを考えているのだろう。

脱税や横領が発覚すれば、悪質であると判断されると加算税というペナルティだけでなく刑事罰が科されるケースもあるはずだ。

それすら知らずに贅沢に溺れているのだとしたら、彼らに会社を背負って立つ資格はないように思える。

呆然としていると、翔子だけでなく玲香もまた従順だった萌の変化に苛立ちを隠さず、美しいネイルの施された手でバン！とデスクをたたく。

「萌のくせにわかったような振りして口を出してくるなんて、調子にのってるんじゃないわよ！　桐生晴臣に気に入られていい気になってるんでしょうけど、どうせ今だけよ。あんな顔だけの男、他に女を作るに決まってるんだから。すぐに捨てられるわ」

「玲香の言う通りよ。だからこそ今のうちに、あのいけすかないお坊ちゃんから引き出せるだけ金を引き出して、うちに援助させるの。こっちは特許のある特別な商品を卸してやっているのだし、なにより親戚になるんだから、助け合うのは当然でしょう？」

「ねぇママ、せっかくなら車が欲しいわ。あちらには腐るほどあるでしょうから、結婚前の結納っていうの？　そういうので何台かくれないかしら」

「いいわね！　桐生の中でも一番高級ラインの車がいいわ。萌、彼に話しておいてちょうだい。あぁ、もちろん結納返しは期待しないで。実子でもないのにそんな負担は背負えないもの」

翔子と玲香のあまりの言い草に、萌は唖然《あぜん》とした。

玲香が晴臣を『顔だけの男』と評するのはプライドを傷つけられた負け惜しみだと

も思えるが、翔子の主張は看過できない。

（商品を『卸してやっている』だなんて……やっぱり取引が終わるのを知らないんだ。それよりも叔母さんは、彼や桐生自動車から金銭的な援助を引き出そうとしてるの？）

先ほど帳簿を見た限り、秋月工業の負債はかなり大きく膨らんでいる。萌と晴臣の結婚に口を挟んでこないのは、桐生家と縁続きとなり取引を磐石《ばんじゃく》なものにしたいという思惑だけでなく、負債の補填までも頼る気でいるのだろうか。

さらに高級車をたかるような発言まで飛び出し、彼女たちの異様さに身体が震えた。

（そんなこと、絶対にさせられない……！）

一緒に生活していた頃の萌はすべてを諦め、思考を止め、彼女たちの言いなりになっていた。けれど、今は違う。ふたりがいかに恥ずかしげもなく理不尽で身勝手なことを喚き散らしているのかがよくわかる。あの家を出たことで、彼女たちを客観的に見られる視点を持てた。

これ以上彼女たちになにを話しても無駄だと絶句していたところに、健二が戻ってきた。

「やかましい。ここは社長室だぞ」

「パパ！」

「あなた」

不機嫌そうな顔でデスクにやってきた健二は「融資の件で先月までの月次決算書が必要になったんだ。しゃべっていないで急げ」と萌を睨みつけてくる。

しかし不正使用であるとわかっているのに、それを帳簿に記載するなど萌にはできない。

「叔父さん。この領収書、きちんと精査してありますか？　業務に必要ないものまで計上してしまっては――」

「余計なことはいい。指示したことだけをしろ」

淡々と切り捨てられ、萌は目の前が真っ暗になった。

翔子や玲香だけでなく、会社のトップである健二もまた不正をただすつもりはないらしい。

（もう、ダメだ……）

一縷の望みすら絶たれてしまった。

「……私は、できません」

「なんだと？」

萌は持っていた領収書をデスクに置き、自分のバッグを引き寄せる。

「先ほど叔母さんに話した通り、経費の不正使用は犯罪です。お父さんが大切にしていたこの会社で、犯罪の手伝いなんて絶対にしません」

「お前、なにを」

「私はもう、あなたたちの言いなりにはならない……！」

そう宣言すると、萌は勢いよく走りだし、健二が入ってきたばかりの扉から飛び出した。

「萌、お前っ……、待て！」

後方から苛立ちに満ちた健二や翔子の怒鳴り声が聞こえるが、萌は振り返らずに事務所内を全力で駆け抜けた。

大通りに出るとすぐにタクシーに飛び乗る。鳴り響くスマホの着信音が恐ろしくて、着信拒否に設定してから電源を落とした。

晴臣のマンションの車寄せにタクシーを停めてもらい、メインエントランスからコンシェルジュカウンターを過ぎてようやく大きく息が吸えた。フラフラの足取りで部屋までたどり着くと、リビングのソファに倒れ込む。

「どうしよう、どうしよう……」

壊れたオルゴールのように同じ言葉を繰り返すが、頭の中は真っ白だ。

叔父と叔母が不正を働いている。その事実は萌に大きな衝撃を与えた。さらに初めてふたりに意見を言い、絶縁する覚悟であの場から逃げ出してきたのだ。ありったけの勇気を振り絞ったせいで、まだ動悸《どうき》が治まらない。

きっと今頃、三人は青筋を立てて怒り狂っているだろう。

（でも、後悔はしてない）

スマホは電源を切ったし、万が一このマンションに乗り込んできたところで、コンシェルジュがいるため部屋まで上がれはしない。

大丈夫だと自分に言い聞かせるように何度も深呼吸を繰り返す。そしてよろよろと起き上がり、与えられた自室へ向かった。

晴臣が萌のためにと用意してくれた部屋は、本棚とデスクセット、ドレッサーにふたり掛けの小さなソファのみのシンプルなインテリア。ベッドがないのは、晴臣がどれだけ忙しくても寝室でふたりで眠りたいと譲らなかったからだ。

デスクに置かれたノートパソコンを開き、経費の不正使用について調べてみた。やはりそこには脱税や横領といった文字が並び、逮捕されるケースもあると書かれている。

さらには不正に気づいた場合の対処の仕方も掲載されていた。国税庁には課税や徴収漏れに関する情報提供窓口があり、プライバシーが守られたまま情報を提供できるようになっている。

（告発するってことだよね……）

秋月工業は父が誇りを持って大切にしていた会社で、多くはないが今も働いている従業員がいる。倒産してしまうかもしれないリスクを冒してまで告発すべきかどうか、萌は頭を抱えた。

さらに現在はまだ秋月工業は桐生自動車と取引があり、萌は晴臣と結婚する予定だ。もしも秋月工業の不正が明るみに出れば、どんな影響が出るのだろう。

取引先企業がそんな状況に陥るだけでも桐生自動車にとってマイナスな話なのに、それが将来会社を背負って立つ晴臣の妻の実家だと知られてしまえば、どれだけ迷惑がかかるのか想像もつかない。

きっとマスコミはこぞって『桐生自動車の取引先』や『桐生自動車御曹司の妻の実家』など、秋月の名前以上に桐生の名前を出して不正の事実を報道するに違いない。もし逮捕となればなおさらだ。

新聞や週刊誌だけでなくワイドショーなどで取り上げられてしまえば、桐生自動車の信用が落ちてしまうかもしれない。あることないこと騒ぎ立てられ、きっと悪夢のような現実が待ち構えている。

（でも……このままでいいの？）

彼らの不正を見過ごしていいのかと考えた時、良心の呵責《かしゃく》に苛《さいな》まれた。

横領や脱税にも時効はある。あとになって『あの時、告発しておくべきだった』と後悔しても遅いのだ。

従業員が必死に働いても給料をカットされる中、社長やその家族が経費と称して豪遊しているだなんて許されていいはずがない。

それからの数日間は、そのことばかりを考えた。土日で仕事が休みだったのも手伝って、マンションから一歩も出ないでひたすらに考え続けた。

グラグラと気持ちは天秤《てんびん》のように揺れたが、悩みに悩んで、萌は告発すると決意した。

『いいか悪いかじゃない。萌がどうしたいかだよ』

晴臣の言葉が脳裏に浮かび、萌を後押ししてくれた。どれだけ叔父一家に恨まれようと、やはり犯罪を見逃すなんてできない。

そしてそれと同時に、もうひとつ決断しなくてはならないことがある。

わかっているからこそつらくて、この数日、涙が止まらないのだ。

（でも、もう決めた。私は、晴臣さんを愛しているから……）

萌が告発を決意した数日後、晴臣は予定よりも二日ほど遅れて帰国した。

「ただいま。萌」

「おかえりなさい」

五日ぶりに会う彼は、出迎えた萌を嬉しそうに抱き寄せる。

以前の萌ならば、晴臣の背中に腕を回し、たった五日離れていただけでも寂しかったのだと本音を打ち明けていたかもしれない。

けれど、今の萌には心に秘めているある決意がある。無邪気に抱きしめ返すことはできなかった。

いつも萌のちょっとした変化に気づく晴臣も、リビングのソファに座るとやや硬い表情をしていて、やはり出張の疲れが出ているのだろうと感じた。

決意が鈍らぬようできるだけ早く話してしまいたいが、仕事で海外から帰ってきたばかりの疲れている時ではタイミングが悪すぎる。せめて明日にしようと考えていると、晴臣は「萌、話があるんだ」と姿勢を正して切り出した。

彼は両手では持ちきれないほどの海外土産をずらりと並べ、そのうちの一番小さな紙袋を手に取った。高級感のある黒色に白色の文字で印字されたブランド名は、憧れのプロポーズリングのランキングで常にトップになるほどの人気ぶりで、そういう類に疎い萌でも知っている、ニューヨークに本店を構える老舗宝石店だ。

（まさか……）

艶やかな黒の紙袋が室内灯を反射して鈍く光るのを目にして、バクバクと心臓が嫌な音を立てた。

本来なら泣きそうなくらい嬉しいはずの予感が、萌の心を容赦なく締めつける。

「前にも少し話したけど、正式に海外転勤が決まった」

「海外転勤……」

「うちの会社はケンタッキー州とカリフォルニア州には北米の事業を統括する管理会社があるんだけど、ニューヨークにもひとつ拠点を置くことになって、そこを任される予定なんだ。できるだけ早く向こうに行きたいと思ってる」

タイミングとしては、これ以上ない絶好の機会だ。晴臣が海外に行くのと同時にこの縁談を破談にして、秋月家と桐生家の関係性を断ち切る。その上で萌は秋月工業の不正を告発する。

会社同士の取引はもうじき終了すると聞いているので、婚姻関係さえ結んでいなければ、秋月工業の不正が明るみに出ても桐生側への影響は最小限で済むはずだ。

彼女たちが桐生家に援助を求める理由もなくなるから、会社の負債の補填や結納の品に高級車を求めるなど、翔子や玲香の図々しい行動も止められる。

しかし、頭ではそうしなくてはならないと考えているのに、心が引きつれるように痛んだ。

嫌だ。せっかく見つけた居場所を自分から手放すなんて。

もうひとりの自分が必死に訴えかけてくるのを、萌はなけなしの自制心で抑え込む。唇を噛みしめていないと、今にも嗚咽《おえつ》が漏れてしまいそうだった。

晴臣が黒い紙袋から濃紺のリングケースを取り出し左右にグッと開くと、中には婚約指輪の王道とも言えるソリティアリングが眩《まばゆ》いばかりの光を放っている。

萌は目を見張り、息をのんだ。

「萌」

「……はい」

「俺の妻として、一緒についてきてほしい」

晴臣には珍しく緊張した面持ちだが、愛に満ちた眼差しで見つめられながらのプロポーズ。それは萌に喜びと同じくらいの苦しみをもたらした。

彼はきっと萌が断るだなんてこれっぽっちも考えていないはずだ。萌だって五日前ならば間違いなく頷いていた。幸せの涙を流し、自分から彼の胸に飛び込んだかもしれない。

けれど事情が変わった今、どれだけ彼を傷つけようと、どれだけ彼に嫌われようと、萌は晴臣ときっぱり縁を切らなくてはならない。

「……私も、お話ししたいことがあるんです」

「話？」

「ごめんなさい。この縁談はなかったことにしてください」

プロポーズされた直後にこんな話をするなんて最低だ。ギリギリになって突然結婚したくないだなんて、非常識にもほどがある。

それでも、やり遂げなくてはならない。晴臣と、桐生自動車の未来のために。

頭を下げる萌を見て、今度は晴臣が息をのんだ。普段の穏やかな表情は鳴りをひそめ、眉間に皺《しわ》を寄せ険しい表情で萌を見下ろしている。

「……どういうこと？」

「実は少し前から考えていたんです。晴臣さんのおかげであの家から出られて、楽に息ができるようになりました。ずっと貶され続けて萎縮したり、必要以上に自分を卑下したり、そういう弱い自分から抜け出すきっかけをくれた晴臣さんにはとても感謝しています。でもこれからは、自分の力で自由に生きていきたいんです」

この数日間で考えた理由を必死に並べ立てた。

恩を仇《あだ》で返すような真似をしている自覚はある。晴臣の眼差しが肌に突き刺さり、萌は身を竦めそうになるのをグッと我慢した。

『だからこそ今のうちに、あのいけすかないお坊ちゃんから引き出せるだけ金を引き出して、うちに援助させるの。こっちは特許のある特別な商品を卸してやっているのだし、なにより親戚になるんだから、助け合うのは当然でしょう？』

先日の翔子の言葉が、萌の決意を固いものにした。

自分がそばにいては、間違いなく迷惑になる。

「それは、俺の隣にいては叶《かな》わないの？」

「今海外へ行くとなると、私は英語を話せないので晴臣さんに頼って生活するしかなくなります。仕事はもちろん、買い物だってろくにできないかもしれない。だから私は――」

「そばにいてくれればそれだけでいい！」

叫ぶように懇願され、萌は目を見張った。

晴臣がこんなふうに取り乱しているところは見たことがない。その理由が自分自身なのだと思うと、喜びとともに罪悪感ややるせなさが込み上げてくる。

できることなら、萌だってそばにいたい。今は話せなくても英語だって必死に勉強するし、忙しくなるであろう彼をサポートするため、料理の腕だってもっと磨きたい。

そばにいるだけで彼の力になれるのなら、こんなに嬉しいことはない。

けれど、それは叶わぬ夢。つらくて、悲しくて、泣き叫びたいほどに彼が好きなのに、それでも萌は言った。

トドメとなる、ひと言を――。

「叔父一家の次は、あなたに囚われながら生きていかなくてはいけないの……？」

萌の放った言葉に、晴臣は目を見開いて絶句する。

（ごめんなさい、晴臣さん……）

晴臣を、そして桐生自動車を、秋月工業の不正の騒動に巻き込むわけにはいかない。

幸せな生活を自らの手で打ち砕いた萌は、心の中で泣きながら、ただひたすらに晴臣の幸せだけを祈っていた。

4．思いがけない再会

あれから、何度も同じ夢を見た。

晴臣に出会い、救われ、愛を打ち明けられた場面を、繰り返し何度も何度も見た。

萌の人生において間違いなく一番幸せな三ヶ月だった。

けれど、それに終止符を打ったのは自分自身。

『……わかった。君の意思を尊重する』

あの日、晴臣は力なくそう言った。

目が覚めて、隣に晴臣がいない朝に何度絶望しただろう。自分の決断が正しかったのか、単なる自己満足ではないのか、幾度も自分に問いかけたけれど、今でも正解はわからないまま。

それでもなにも告げずに今日まで暮らしてきたのは、やはり彼に迷惑をかけたくないから。

晴臣と決別してまず萌がしたのは、東京を離れることだった。

勝手に桐生家との縁談を反故《ほご》にしたあげく秋月工業を告発したとなると、叔父一家がどれだけ萌に対して怒りを抱くか、想像するだけでも恐ろしい。

できるだけ都心から離れようと考えて浮かんだのが、毎年年賀状のやりとりをしていた田辺雄介《ゆうすけ》の存在だった。

田辺は元秋月工業の従業員であり陽一の親友だった人物で、職場では右腕的な存在として、桐生自動車に卸しているねじを陽一とともに開発し特許取得に貢献した人物だ。よく仕事終わりに家へ寄って陽一と酒を酌み交わしていたのを、おぼろげながら記憶している。

陽一が亡くなり、社長が健二に代わった途端に経営理念から逸れていったのに愛想を尽かして早々に退職したが、それでも萌とはずっと年賀状のやりとりだけは続けてくれていて、困ったことがあれば頼ってくれと毎年書き添えられていた。

現在は名古屋《なごや》で会社を興し、田辺ネジ製作所の社長を務めているらしい。それを思い出した萌は、迷惑を承知で彼に連絡を取った。

秋月工業の不正に気づいたこと、それを正すよう進言したが聞き入れてもらえなかったこと、悩んだ末に彼らを告発しようと考えていることなど、桐生家との関わりを除いてすべて話した。

すると事情を聞いた田辺は自分のところで働けばいいと快く萌を迎えただけでなく、

住む場所まで世話してくれた。

すぐに住民票を移し、閲覧制限をかけておくよう助言をくれたのも彼だ。田辺は健二や翔子を知っているため、彼らは不正を告発されればきっと萌を疑い、居場所を探そうと躍起になるかもしれないと考えた。そのため当初は一緒に暮らせばいいと言ってくれていて、田辺の妻である理恵《りえ》や息子の康平《こうへい》も賛成していたのだ。

しかし事情が変わり、今は田辺が持っているアパートの一室を借りて生活している。

「光莉、まぜまぜしすぎると零れるよ。ゆっくりね。うん、上手。あっ、陽太！　お手々で食べないの。ちゃんとフォーク持って」

どれだけ悲しく切ない夢を見て泣きたくなっても、萌には過去に思いを馳《は》せ、うじうじと泣いている時間などない。

名古屋に来て数週間後、お腹の中に命が宿っているのに気がついた。萌が国税庁に匿名で秋月工業を告発した数日後のことだ。

妊娠の事実だけでも衝撃的だったのに、病院で検査を受けると双子だと発覚した。

生むかどうか、迷わなかったと言えば嘘になる。

誰にも頼らずに子供をひとり育てるだけでも容易ではないのに、それが双子となればさらに大変なのは火を見るより明らかだ。

田辺の元で働きだしたばかりで、間違いなく迷惑をかけることになる。

そんな時、脳裏に浮かんだのは晴臣の言葉だった。

『いいか悪いかじゃない。萌がどうしたいかだよ』

この言葉に何度救われてきただろう。萌にとって、自分が迷った時に唱える魔法の呪文のようなものだ。

誰のせいでも、誰のためでもなく、自分の心のままに決める。

そう考えた時、血の繋がった家族が欲しいと痛切に感じた。

もう萌にとって家族と呼べる相手はいない。家族になろうと言ってくれた彼の元を去った今、お腹の中に宿った子供たちが、萌の唯一の光だった。

ふたりに会いたい。そう思ったら、とても中絶する道は選べなかった。

出産すると決めた時ばかりは、晴臣に連絡するべきではないかと心が揺れた。責任を取ってほしいとか養育費が欲しいとか、そんな理由ではない。自分の選択が、生まれてくる罪のない子供たちから父親を奪ってしまう罪悪感に苛まれたのだ。

けれど父親がいないぶんも自分がたっぷりの愛情で育てようと決意し、ひとりで生む選択をした。

もちろん楽しいことばかりではなかったけれど、今はとても充実した幸せな日々を送っている。

朝起きてすぐに洗濯機を回し、三人ぶんの朝食を用意する。最低限の身支度を調えているうちに、二歳になったばかりの双子が揃って目を覚ますのが毎朝のルーティーンとなっている。

肩につく長さになった髪を小さな手で梳《と》かしている姉の光莉と、まだ眠いのか目を擦っている弟の陽太。ふたりが毎朝、寝室から手を繋いでとてとて歩いてくるのが可愛くて仕方ない。

パンパンに膨らんだふたりのおむつを替え、テーブルに直接取り付けるタイプの子供用の椅子にそれぞれ座らせると、すぐに「よーた、あむあむするー」「ひかりもー、あむー」と朝食の催促が始まる。

今日の朝ご飯は軽く焼いたロールパンとだし巻き卵、ほうれん草のごま和えに、フルーツの入ったヨーグルト。飲み物は牛乳だ。

双子といえど二歳になると個性が出てくるもので、食べる順番も性格がよく表れる。

光莉はよく考えてから行動する慎重派で、好きなものは最後に残しておくタイプ。

一方、陽太は感情のままに動く直情型で、初めに好物やデザートを食べたがる。

性格は真逆のようなふたりだがケンカすることもなく仲良しで、よくセリフや行動がぴったりと重なるのが双子ならではだと不思議に感じた。

それぞれ食事のフォローをしながら合間に萌自身もパンを食べて、食事が終わると保育園へ行く準備に取りかかる。

バタバタと慌ただしく双子の用意に時間を取られるため、萌自身の身支度は必要最低限。顔を洗って、日焼け止めとパウダーをはたき、眉を描き、色付きのリップを塗るだけ。それでも四つ葉のネックレスだけは毎日欠かさず身につけている。

未練がましいと自分でも思う。けれど晴臣からもらったこのネックレスだけは捨てられなかった。

「マーマ。きょう、かきかきしゅるー」

「かきかき？　あぁ、お絵描きの日？　陽太はなにを描くの？」

「ぶーぶー！　パパ、ちゅくってる？」

歩いて保育園へ行く道すがら、無邪気な陽太の言葉に一瞬固まった萌だが、すぐに笑顔で頷いた。

「うん。今日も海のずっと向こうでかっこいいぶーぶーを作ってるよ。光莉は？　なにを描くの？」

「ひかりもぶーぶーかく！　かわいいの」

「そっか。かわいいぶーぶーもいいね。どんな色かな？」

「ぴんくー」

「よーた、あおしゅき！」

「ひかり、きいろもー」

すぐに父親の話から好きな色の話題に移りホッとする。萌は無意識に胸元のネックレスを握った。

陽太と光莉は生まれてからずっと萌と三人で暮らしているため、父親が一緒に暮らしていない事実に疑問を覚えていない。

それでも保育園で『パパ』という存在を知り、『ひかりとよーたのパパは？』と聞かれた時は、胸が締めつけられる思いだった。

父親については『かっこいい車を作るお仕事をしている。でも遠い海の向こうにいるから会えない』と伝えている。今はそれで納得している様子だが、いつまでも通用しないのは萌も自覚していた。

いずれきちんと説明しなくてはならないと思いつつ、萌自身もどう話したらいいか考えがまとまっていない。まだ双子は二歳になったばかりだし、きっと理解するには難しいだろう。そう考え、つい先延ばしにしてしまっている。

双子の妊娠が発覚したのは職場に迎え入れてもらった直後だった。田辺には迷惑をかけてしまったが、彼だけでなく妻の理恵もとても親身になってくれた。

しかし、そんな彼らにも双子の父親について話していない。

晴臣とは別れて以来一度も会っていないし、以前のスマホは解約したため連絡先も知らない。きっとニューヨークへ行き、任された大役を果たしているだろう。

そして、その隣には彼を支える妻が寄り添っているはずだ。

自分でその未来を選んだはずなのに、想像するだけで胸が張り裂けそうになる。だからこそ晴臣との思い出を心の奥底にしまい込もうとした。

それなのに、誕生日プレゼントのネックレスだけは肌身離さず身につけているなんて矛盾している。

本当は忘れたくても忘れられない。あの幸せな三ヶ月があったからこそ、萌はこうして大切な宝物を授かったのだ。

ネックレス同様、双子は萌の宝物。

誰にもはばからず愛情を注げる血の繋がった家族が欲しいからと、晴臣に黙って勝手に生んだのは申し訳ないと思う。けれど光莉と陽太のおかげで、晴臣を失った心の穴が埋まらないままでも絶望にのみ込まれず笑顔でいられる。

父親に会わせてあげられないが、自分がそのぶん惜しみない愛情を注いでみせると改めて胸に刻み、小さな手を握りしめたのだった。

田辺ネジは敷地のほとんどがねじを製造する設備のある作業場で、その隣に事務所と給湯室があり、事務を務める社員だけでなく普段工場で働く作業員もここで休憩をとる。

萌が田辺から頼まれた買い出しから戻ると、給湯室兼休憩室で康平がコーヒーを飲んでいるところだった。

「お疲れ様」

「あぁ、お疲れ。どっか出てたのか？」

「うん。今日はお客さんが来るとかで、社長からお茶菓子を頼まれたの」

買ってきた老舗和菓子店の紙袋を掲げてみせると、康平は納得したように頷いた。

「そういえば親父が言ってたな。ったく、事前に自分で買っておけばいいのに」

「社長もお忙しいんだから仕方ないよ。でもお客さんなんて珍しいね」

康平は田辺のひとり息子で、父親に負けず劣らず優秀な技術者だ。大学ではアメフトをしていた彼は長身で体格がよく、萌と同い年だが貫禄がある。短髪に三白眼なため怖そうな印象を受け、初対面の時は穏やかな田辺とは真逆だと感じた。

しかし彼は田辺ネジを継ぐと公言しており、日々進歩しているボルト製造の技術を研究し、よりよいねじを作るために開発設計を行っている。職人気質でぶっきらぼうだが、突然転がり込んできた訳アリの萌に対して、嫌な顔ひとつせずに受け入れてくれた。

晴臣以外の男性に対して免疫のなかった萌は初めの頃は緊張していたものの、『タメなんだから敬語はいらない。さん付けも気持ちわりぃからやめてくれ』と言う康平と次第に打ち解けていき、今では昔馴染《なじ》みのような感覚で話せる貴重な存在だ。

「なんでも、東京からわざわざ出向いてくるって聞いた」

「東京から？」

「あぁ。うちと共同開発したいっていう話らしい」

田辺ネジは顧客のニーズに合わせてさまざまな形状を考案し、あらゆる分野に締結部品を供給している。名古屋のみならず東海《とうかい》地方ではかなりシェアを伸ばしているが、まさか東京の企業から声がかかるとは。さすが田辺の手腕には目を見張るものがある。それゆえ父は彼を頼りにしていたに違いないと、萌は感嘆のため息をついた。

「すごい。いい話だよね？」

「どうだろうな。あっちは大企業だし、技術だけ取られて下請けみたいになんのはごめんだけど」

「大企業？」

「桐生自動車。親父が昔世話になったことがあるらしくて、その伝手《つて》だろうな」

康平が口にした企業名に、萌は飛び上がるほど驚いた。言葉を失い、目を見開いたまま頭が真っ白になる。

締結部品を製造しているのだから、取引相手に自動車メーカーがあるのはおかしいことではない。けれどボルトを作っている工場は国内に数えきれないほどある。それなのに桐生自動車は萌のいる田辺ネジを見つけ、共同開発を申し込んできた。

単なる偶然とはいえ、そわそわと落ち着かない気分だ。

(でも私が関わるわけじゃないし、ニューヨークにいる晴臣さんがここに来るわけでもない)

まさか再び桐生自動車との縁が繋がってしまうなんて想像もしていなかったが、経理などの事務を担当している萌が直接関係することにはならないはずだ。

胸に手を当てて深呼吸を繰り返し、なんとか冷静さを取り戻す。

「萌？　どうかしたか？」

「あっ、ううん。なんでもないよ」

「……ならいいけど。そういや、光莉と陽太は新しいクラスに馴染んだのか？」

康平が話題を変えてくれたため、萌はなんとかぎこちない笑顔で頷いた。やはり萌にとって双子がなにより大切で、ふたりのことを思うだけで心が穏やかになる。

「うん。もう新しいお友達ができたみたい。去年はあんなに泣いてたのに、子供って成長が早くてビックリする」

この四月から二歳児クラスに進級した双子は、今でこそ楽しく保育園に通っているが、最初は人見知りも場所見知りもひどくて保育園に連れていくのもひと苦労だった。

父親はいなくても、ひとりで立派に育ててみせる。そう意気込んでいたものの、双子の育児は想像以上に過酷だった。

初めての出産ではひとり育てるだけでも大変だが、ふたりいれば当然二倍の労力が必要となる。

おむつを替えるのもミルクを飲ませるのもふたりぶん。寝かしつけは、陽太が眠ったと思っても光莉が泣けば陽太も目を覚まして泣くし、反対もまた然り。

帝王切開の傷が癒えぬまま、首の据わっていない新生児を代わる代わる抱っこして部屋中を歩き回っていると、いつの間にか一日が終わっている。

お風呂に入れるのもふたり同時は難しく、自分の着替えは後回し。ミルクを作って飲ませ、哺乳瓶を消毒したらまたおむつを替えて寝かしつけての繰り返し。萌は食事の時間どころか睡眠時間の確保も不可能で、細切れに寝たのを累計しても一日三時間もない。

双子は可愛いし、産むと決めたのは自分なのだから後悔はない。けれど、退院直後はこのまま生活するなんて無理だと頭を抱えていた。

そんな萌を助けてくれたのも田辺一家だった。

『ごめんね。お節介かなと思ってなかなか来られなかったんだけど、もっと早く助けてあげればよかったね』

晴臣のおかげでおどおどせずに自分の意見を伝えられるようになった萌だが、やはり誰かに頼るのは苦手で『助けて』のひと言が言いだせない。

それを見越してアパートに様子を見に来た理恵が育児や家事を手伝ってくれたおかげで睡眠時間を確保できたし、彼女と会話をすることで孤独を感じずにいられた。

双子がある程度大きくなると保育園に預けて働きだし、帰りに田辺家で夕食をごちそうになる機会が多くなった。そのため光莉と陽太も田辺や理恵、康平によく懐いている。特にふたりは〝たかいたかい〟したり、かけっこに付き合ったりしてくれる康平が大好きで、会うたびに『こーくん、あそぶ！』と抱きつくほどだ。

「そうだな。ちょっと前にやっと歩きだしたかと思ったらもう走ってしゃべってるんだから、きっとすぐ大きくなるんだろうな」

「早く大きくなってほしいような、もう少しこのままでいてほしいような」

元気に成長してランドセルを背負う姿や制服姿を見てみたいと思う反面、とてとてした歩き方や、なにを言っているのかわからない謎の言葉など、この時期特有の可愛らしさをもうしばらく堪能したい気持ちもある。

「萌」

「ん？」

「ずっと聞きたかったんだけど。光莉と陽太がもう少し成長したら、父親についてちゃんと話すのか？」

康介からの唐突な問いかけに、萌はハッとして彼を見た。

先月双子が二歳の誕生日を迎え、最近は理解力がついてきたため、萌もここ最近考えていたことだ。

「まだ、どう説明するべきか考えがまとまってなくて」

「父親は車を作ってるって話したんだってな。自動車メーカーに勤めてんの？」

先ほど桐生自動車の名前を聞いたばかりなのも相まって、心臓がドキンと嫌な音を立てる。

勤めているというより、企業を背負って立つ立場の人だ。けれどそれを口にする機会は今後いっさいない。

萌が曖昧に微笑むと、康平はわざとらしく大きなため息をついた。

「悪い、言いたくないなら無理に聞かない。でも双子には知る権利はあると思うぞ。今どき片親の家庭は珍しくないとはいえ、父親が誰なのかは知っておいたほうがいいだろ」

「そう、だけど……」

「それか、萌が結婚してふたりに新しい父親を作るか」

じっと見つめる康平の眼差しにたじろぎつつ、萌は首を横に振った。

「それは考えたこともないかな」

「なんで？」

食い気味に問いかけられ、萌は答えに詰まる。

晴臣と三年前に別れてから今日まで、初めての妊娠出産、そして慣れない育児に奮闘しているため、自分のことはすべて後回しだった。

双子に父親についてどう話そうかと悩んでも、晴臣以外の誰かと結婚して彼らに父親を作ろうという考えはいっさい浮かばなかった。

「双子の父親が忘れられない？」

核心を突く質問にドキッとしたものの、素直に頷くわけにはいかない。

萌が彼を忘れられなかろうが、この先一生会えない人だ。晴臣はすでに結婚しているだろうし、双子の存在を打ち明けるつもりもない。

萌は無意識に胸元のネックレスに手を添えながら、再び首を横に振る。

「まさか。今は育児と仕事だけで手いっぱいだもん。そんな余裕ないだけだよ」

そう肩を竦めて笑うと、康平はなぜかホッとした表情を見せた。

「そうか。いつも言ってるけど、それならなおさらもっと俺に頼れよ。萌はすぐひとりでなんとかしようとするからな」

「十分頼らせてもらってるよ」

「先月、三人揃って季節外れのインフルエンザに罹《かか》ったくせに連絡してこなかったのは誰だよ」

「それはほら、だって移すわけにいかないから……」

出産直後のなにもかも慣れない中で頼りっきりになっていた頃とは違う。ひとりでもしっかりしなくてはと、高熱でフラフラになりながらも双子の看病を乗り切った。

「病院で薬もらってなんとかなったし、母親なんだからこのくらい自分ひとりでなんとかできないと」

「……そうやって頑張りすぎるから心配になるんだよ」

「え？」

康平の小さな呟きは萌の耳に届かず聞き返したが、彼は「なんでもねぇ」と言ってコーヒーを飲み干した。

「よし、今日終われば週末だ。もうひと踏ん張りするか」

休憩室を出ていった康平の背中を見送り、萌も応接室の準備をするためにその場をあとにした。

「萌ちゃん、お客様が見えたみたいなの。お茶をお願いできる？」

「はい。お客様は何名ですか？」

「おふたりみたい。社長のぶんと三人ぶんよろしくね」

「わかりました」

昼休憩から一時間ほど経った頃、ベテランの事務員である竹内《たけうち》に声をかけられ、萌は仕事の手を止めて給湯室へ急いだ。お茶を淹れ、午前中に購入したどら焼きと一緒にお盆にのせて応接室へ向かう。

相手が桐生自動車の社員だと知ったため妙な緊張感があるが、考えてみれば萌は晴臣の職場についてなにも知らないし、同僚に挨拶したこともない。

結婚前提で一緒に暮らしていたものの婚約発表など大々的にしたわけではないので、桐生自動車の社員が萌を知っているなど万にひとつもないはずだ。

（大丈夫。大丈夫）

何度も自分に言い聞かせ、応接室をノックする。中から田辺が「どうぞ」と応答したのを聞き、萌はゆっくりとドアを開けた。

「失礼いたします」

中には三人の男性の姿があった。社長の田辺がひとり掛けのソファに、来客のふたりは彼の向かいに腰を下ろしている。

萌のノックに反応し、こちらに視線を向けた男性を見た瞬間。萌は目を見開き身体を硬直させた。

（うそ……！）

そこにいたのは間違いなく晴臣だった。

（どうして晴臣さんがここに……）

あまりの驚きに、動揺で全身に震えが走る。

すべてを諦め、色を失った日々を送っていた萌を救い出し、恋を教え、人生に彩りを与えてくれた人。

それなのにひどい言葉で傷つけて、彼の元から逃げ出した。

懐かしさと愛しさ、押しつぶされそうな罪悪感といったさまざまな感情が溢れ出し、萌はお盆を持ったまま一歩も動けない。

そして萌を見て驚き固まっているのは、田辺の向かいに座っていた晴臣も同様だった。

オーダーメイドであろうグレーの細身のスーツを着こなし、簡素な事務所の応接室に不釣り合いなほどキラキラとしたオーラを纏った彼が、信じられないとばかりに言葉を失ってこちらを見つめている。

初めて会った時もその美貌に見惚れてしまったけれど、三年経った今はあの頃よりもさらに磨きのかかった男ぶりで、大企業を継ぐ風格を感じさせる佇まい。吸い込まれそうなほど強い眼差しは以前のままで、萌はただ呆然と立ち尽くしていた。

（ダメだ、このままじゃ社長に変に思われちゃう）

萌は冷静になろうと必死に浅い呼吸を繰り返した。

（大丈夫。あんなにひどい別れ方をしたんだから、きっと私のことなんて忘れて素敵な結婚をしてるはず）

そうだとすれば、万が一にも双子の存在を知られるわけにはいかない。

桐生自動車の御曹司に私生児がいたと発覚すればスキャンダルに違いないし、奥さんとなった女性もいい気はしないだろう。そんな迷惑をかけたら、なんのために彼の元を去ったのかわからなくなってしまう。

萌は混乱しながらも必死に思考を働かせるが、自分の考えた仮説に胸が引き裂かれるほど苦しくなる。

優しく穏やかな口調も、ふたりきりの時の甘い眼差しも、彼の淹れてくれたホットチョコレートの温かさも、全部覚えているのだ。

晴臣の隣にいる心地よさを、今は別の女性が感じている。そう思うと、どうしても心の奥に醜い嫉妬心が芽生えそうになる。

けれど、そう仕向けたのは萌自身だ。

突然の再会に感情がぐちゃぐちゃで、平静を装おうとすればするほど動けなくなる。

「萌ちゃん？　どうかしたかい？」

「いえ、すみません。なんでもありません」

田辺に呼びかけられ、ハッと我に返った。萌は田辺に小さく微笑むと、すぐに屈んでお茶とどら焼きをテーブルに置く。その間、晴臣からじっと視線が注がれているのがわかったが、意識的にそちらを見ないことでなんとか平静さを保った。

視界の端に映る彼はなにか言いたげにしているように見える。しかし、さすがに商談の場で個人的な話はできないはずだ。

萌はそそくさと応接室を出て、足早に休憩室に逃げ込んだ。

（どうして、晴臣さんが……）

何度頭の中で繰り返したところで答えは出ない。わかっているのに考えてしまうのは、それだけ衝撃が大きかった証だ。

彼も驚いた表情をしていたところを見ると、ここに萌がいるのを知らなかったのだろう。皮肉な巡り合わせを呪っても現実は変わらない。なんとか晴臣との接触を避け続けなくては。

萌は身を硬くしながら自席に戻って仕事を続けた。

その後、約十五分ほどすると、内線で呼ばれたらしい康平が応接室へ入っていった。

先ほどの口ぶりではあまり乗り気ではなさそうだったが、このまま桐生自動車と田辺ネジでの共同開発の話が進めば、今後も晴臣がここに足を運ぶことがあるのだろうか。

気が気じゃないまま時間が過ぎ、十五時を回った頃、ドアの開いた音がした。

身を隠してしまいたい騒動に駆られていると、先に出てきたらしい康平と目が合う。彼はすぐに眉間に皺を寄せ、足早に萌の方へやってきた。

「萌――」

「お疲れ様。もう終わったの?」

共同開発の話がどうなったのか知りたくて、萌はなにか言いたげな康平の言葉を遮って尋ねた。

「あぁ、親父が断った。先方の要望を聞くのが俺らの仕事だけどな、理想ばっか語れたって無理なもんは無理だ。それよりお前、顔色悪くないか?」

「そ、そんなことないよ」

「嘘つけ。体調悪いいんじゃないか?」

康平は呆れた顔をしながら萌の額にかかる前髪をサイドに流し、ゴツゴツした大きな手で体温を確かめる。

「ひゃっ」

いくら彼に対して緊張しなくなったとはいえ、こんなふうに距離が近づいたり触れられたりしたことはない。いつもと違った距離感に、思わず肩が竦んだ。

「熱はないか」

康平は手を萌の額に当てたまま頷いた。

萌の顔色が悪いのだとすれば原因は体調不良ではなく、二度と会わないと誓っていた人物に予期せず再会してしまったせいだ。けれど康平いわく共同開発の話は断ったそうだし、今日一日をやり過ごせばなんとかなる。

「だ、大丈夫。本当になんでもないから」

康平だけでなく自分にも言い聞かせるようにもう一度「大丈夫」と口にして、彼を見上げて微笑んでみせた瞬間。

「萌」

忘れたくても忘れられない声が、萌の名を呼んだ。

初めて会った時、名前を呼ばれただけで意識が彼にさらわれたように、今もまた『なんとかやり過ごそう』と立て直した気持ちが砂の城のようにサラサラと崩れていく。

振り向いてはダメだとわかっているのに、どうしても逆らえない。

ふたりで過ごした日々を何度も夢に見るほど今でも心に強く想っている晴臣が、萌を呼んでいる。

壊れたロボットのようにギギギと音がしそうなほどゆっくりと声のした方を向くと、晴臣がまっすぐな眼差しでこちらを見つめていた。

三年前、身を切る思いで彼に別れを告げた。

秋月工業の不正に気づき、告発すると決めた以上、桐生自動車との関わりは断ち切っておいたほうがいい。翔子や玲香だけでなく、健二までもが婚姻で縁続きになったのを理由に晴臣に援助を求めて迷惑をかけるのではないかと恐ろしかった。

そして萌がなによりも恐れたのが、それによって晴臣が萌との結婚を後悔することだった。

互いにメリットがあるから結婚しただけの関係のままだったら、こんなふうに姿を消す前に相談できたかもしれない。けれど晴臣に想いを寄せ、彼からも同じ気持ちを打ち明けてもらったからこそ、正直に話すのが怖かった。嫌われたくなかった。それほど萌にとって晴臣はかけがえのない存在だった。

その彼が、三年経った今、変わらない声で萌を呼んだ。

忘れたくて、会いたくなくて、それでも焦がれるほどに好きな人。

秋月工業は経営不振が続き、今や倒産寸前だと田辺が言っていた。萌から事情を聞き、ずっと様子を調べてくれていたらしい。時間はかかったようだが、萌の不正告発により税務署の調査が入ったのだろう。

取引のあった桐生自動車にもこのニュースは伝わっているだろうし、そんな実家を持つ萌との縁談が反故になってホッとしたに違いない。

目の奥がじんと熱くなり、呼吸が浅くなると視界が徐々に歪《ゆが》みだす。それでも視線を逸らせずに晴臣を見つめていると、先に口を開いたのは彼だった。

「萌、あとでふたりだけで話がしたい」

あれだけ身勝手にひどい言葉を投げつけて彼の元を去った自分に、いったいなにを話すというのだろう。

どう反応すべきかわからずに唇を噛みしめていると、突然隣からぐいっと肩を抱かれた。

「申し訳ありません。彼女、朝から体調がよくなくて。これで失礼します。萌、行こう」

「こっ、康平くん？」

萌の肩を抱く康平の力は強く、有無を言わさぬ様子だった。

なぜ彼がそんな嘘をついたのかわからないけれど、萌と晴臣の関係を知っているわけではないのだから、きっと萌の態度を見てこの場を離れる手助けをしたほうがいいと判断したのだろう。

萌は康平の気遣いに甘えることにした。

「すみません。失礼します」

晴臣の顔に視線を戻せないまま萌は頭を下げると、康平とともにその場をあとにした。

5．偶然か運命か《晴臣Side》

社長の息子である康平に守られながら去っていく萌を見て、晴臣は激しい嫉妬と胸の痛みを覚えた。

「息子が失礼しました。しかし桐生さん、うちの秋月とお知り合いですか？」

商談相手であった田辺社長だけでなく、晴臣の後ろに控えている秘書の小倉《おぐら》もまた驚いた顔をしている。

晴臣は焦がれて仕方がなかった女性が再びこの手をすり抜けていってしまった悔しさに唇を噛みしめたまま、ふたりが出ていった扉を睨みつけた。

萌に出会ったのは三年前。三十歳を迎える前には結婚してほしいという父の方針で臨んだ見合いの席だった。

大企業を継ぐ立場上いつまでも独身ではいられないと理解していたが、当時はニューヨークに新たな事業所を設立するために奔走しており、とても結婚など考えられなかった。

そもそも恋愛に対する関心が薄く、晴臣にとって優先順位が低い。

これまで女性と付き合った経験がないわけではない。いずれも相手から告白をされて付き合い始め、誠実に交際していたつもりが、『私のこと好きじゃないよね?』と言われて関係が終了する。

恋人の要望にはできる限り応えていたし、二股をしたこともない。そつなくこなしていたつもりだが、一方的に責められて相手が去っていっても寂しいとは感じなかった。きっと恋愛事に向いていないのだろう。

社会人になり仕事が楽しくなってからは恋愛に時間を割く暇もないし、両親もお見合い結婚でうまくいっているのだから自分もそれでいいと思っていた。

『大学時代の先輩の娘さんでね。晴臣も子供の頃に一度会ったことがあるんだけど、覚えてないか? 彼の娘さんなら、きっと素晴らしい女性に育っているよ』

そう言う父に付き合う形で出席した見合いにやってきたのは、晴臣がこれまで出会った中でも群を抜いて非常識な一家だった。

日本料理店の個室を用意した意味を成さないほど大きく甲高い声で話す母と、この見合いにいっさい関係ないはずの娘、それを諌《いさ》めようともしない父親。

媚びるような発言は聞いていて不快だし、耳障りな大声は店にも迷惑となる。両親がやんわりと話題を逸らそうにも、すぐに母娘が会話の主導権を握ろうとさらに捲し立てる始末。

なにより異質だったのは、見合い相手である女性がなぜか一番末席に座らされ、自己紹介さえもさせてもらえない雰囲気だ。

父から彼女の両親は十年前に事故で他界しており、今は父方の叔父夫婦に引き取られて生活していると聞いていたが、どう見ても良好な関係性には見えない。

叔母の翔子は自分の娘の玲香を嫁がせたいという願望を隠せておらず、自身の見合いでもないのに振り袖を着ていた玲香もまた同じ気持ちでいたのだろう。言葉の端々に萌を貶《おとし》めつつ玲香を売り込もうという魂胆が見え見えで、呆れて物も言えないとはこういう心境なのだと妙に納得した。

あまり他人に関心を抱かない晴臣だが、ただ俯いて時間が過ぎるのを待っているだけの萌にももどかしさを感じ、姦しく話し続ける女性たちの声を遮って彼女に話しかけた。

萌の第一印象はおどおどしていて、瞳に生気がない女性だと感じた。

サイズの合っていないワンピースから伸びた手足は折れそうなほど細く、年頃の女性らしい曲線には縁遠い。

そして一番に目を引いたのが、彼女の雰囲気にまるでそぐわない髪色だ。

明らかに失敗したとわかる脱色具合で、元の黒髪と金髪がまだら模様になっていた。髪を下ろしていたら目立つと思い後ろでひとつにまとめたのだろうが、その隙のないひっつめ髪とまだらな金髪のアンバランスさが、さらに歪さを際立たせている。

ふたりで庭に出ようと誘うと、萌はようやく顔を上げた。

正面から見た彼女は顔色こそ悪いが、くりっとした黒目がちの瞳にすっと通った鼻筋が美しく、決して地味だと貶められるような容姿ではない。

むしろ最低限の化粧しかしていないであろう肌は透けるように白く、こちらを見つめる眼差しはハッとするほど印象的だった。

そこでようやく、父が子供の頃に一度会ったことがあると言っていたのを思い出した。

まだ晴臣が小学生の頃、会社の周年パーティーに招待されて来ていた親子が、萌と彼女の父親だった。くりっとした瞳の利発そうな少女は、ハキハキと『秋月萌ですっ』と満面の笑みを見せていた。

そんな彼女が、今は自己紹介すら許されず、ただ俯いている。

幼い少女の笑顔を奪った環境から救いたい。そう感じた。

彼女を促して個室を出る際、秋月母娘の鋭い視線が萌を貫いているのも気づいていたが、あえて無視を決め込んだ。その時にはもう、晴臣の決意は決まっていたから。

『俺と結婚しませんか？』

そう告げた理由の何割かは萌への同情心だ。

晴臣はいずれ見合いで結婚するつもりだったし、三十歳が近づくごとに結婚はまだかと聞かれることが多く煩《わずら》わしかった。

仕事の都合もあり今はタイミングが悪いと思っていたけれど、見合い相手のあまりに悲惨な境遇を見て、あの環境から逃げ出す手助けをしてやりたいと感じたのだ。

彼女とならば愛や恋といった不確かな感情ではなく、互いのメリットのために協力し合う関係性を保てるのではないか。

打算的な考えで、女性に対してあまりにも非情な結婚の提案だと思わなかったわけではない。

けれど、あの家族から離れるために結婚という手段を使って家を出るのだと理解した瞬間、萌の瞳に確かに希望が宿ったのを見た。

まっすぐで理知的な眼差しを持つ彼女を、もっと自由に羽ばたかせてやりたい。

そう強く感じた自分に驚きつつ、新鮮な気分でもあった。これまで女性に対し、興味を抱いたり執着したりした経験がない。

けれど確かにその時、彼女を手放してはならないと本能が告げていたのだ。

職場に呼ばれていったん萌と別れると、すぐに宏一に『この話を進めてほしい』と連絡を取った。

『そうか！　それはいい。まさか萌さんがあんなにひどい扱いを受けているとは……。このままいけば夏には秋月との取引は打ち切りとなる。あの子を救い出すなら今しかないだろうね』

宏一も萌の置かれている状況を今日初めて知ったらしい。親交のあった先輩の娘があのような環境で育てられていた事実に戸惑い以上に憤りを感じていたようで、手放しで賛成してくれたため胸を撫で下ろす。

彼の言う通り、秋月工業から仕入れているねじを使った車種の製造中止が六月に正式に決定するため、萌との入籍が済んでしまえばあの一家とは縁が切れる。あとは彼女と少しずつ距離を縮め、互いを知り、信頼関係で結ばれた間柄になっていければ。

そこまで考え、晴臣はある疑念に気づいてハッとした。

萌の髪を無理やりまだらに染めさせ、見合いの場で地味だ愚鈍だと散々こき下ろし、恥ずかしげもなく玲香を嫁がせたい願望を前面に押し出してきた母娘だ。桐生家側からこのまま萌との縁談を進めたいと連絡を受ければ、帰宅した彼女にどれほどつらく当たるかしれない。

あの家族から救ってやりたいと提案した結婚なのに、それゆえに彼女が傷つけられてしまうなど本末転倒だ。

晴臣は手早く周囲に指示を飛ばすと、急いで職場から秋月家へと向かった。

悪い予感は当たり、彼女は玄関の外まで聞こえてくるほど大声で侮辱され、さらには怪我までしていた。

晴臣はこのままにはしておけないと萌を自分の家へ連れ帰り、強引に同居生活へと持ち込んだ。

幼い頃の萌の屈託ない笑顔を思い出したのもあるが、彼女に対する感情はほとんど同情心だったはずだ。それなのに、萌を守ろうと必死になる自分に驚いた。

今思い返せば、この感情が〝一目惚れ〟というものなのかもしれない。

庇護《ひご》欲《よく》を掻《か》き立てられ、自分以外の誰かに萌を託すという考えも浮かばなかった。

萌は見合いで出会ったその日から同居というスピードに戸惑ってはいたものの、それでも受け入れたのはよほどあの家から出たかったに違いない。

長い間虐げられて育ったせいで自己肯定感が低く、自分の意思や意見を言うのが極端に苦手だった。

晴臣は『私なんか』と卑下する萌を諫めると、一緒に過ごす中でなにをするにも萌に意見を求め、彼女の人となりや考えを知ろうとした。

彼女の本来の姿は、優しく聡明《そうめい》で、思いやりに満ちた人柄なのだろう。萎縮していた態度も少しずつ緩和され、徐々に晴臣に心を許し始め、笑顔を見せるようになった。

少しずつ自尊心と健康を取り戻した萌は、晴臣の目に眩《まぶ》しいほどに美しく、そして可愛らしく映る。

一緒のベッドで寝ようと誘ったのは、緊張で身を硬くする萌に少しでも早く自分に慣れてほしかったからだ。

中学の頃からあの家で生活していた萌に恋愛をする余裕があったとは思えないし、そんな彼女に対してすぐにどうこうしようと下心を抱いていたわけではない。

それなのに、照れながらもまっすぐな眼差しで『恥ずかしいし緊張しますけど、頑張りたいです』と言われ、つい一緒になって照れてしまった。

他にも、純粋で無垢《むく》だからこそ素直な反応をする彼女に何度も心を射抜かれ、すぐに同じタイミングでベッドに入るのがつらくなった。自分でも呆れてしまうほど、萌に触れたいという欲望が育っていたのだ。

最初は同情や庇護欲といった感情だったはずが、徐々に萌に惹かれていき、彼女を守る家族になりたいと強く望んだ。

いつ彼女に恋をして、いつ愛し始めたのか、明確な分岐点はない。けれど打算的な結婚を提案した時の、あの希望の宿った瞳を見た瞬間、彼女だと直感したのだ。

そして萌もまた、同じように自分を想ってくれていると信じて疑わなかった。あの家から救い出したのを笠《かさ》に着るわけじゃなく、ただ純粋に萌が晴臣を見つめる瞳の中に好意が浮かんでいるように感じていたのだ。

その証拠に、彼女は気持ちを告白した晴臣を受け入れ、すべてを捧《ささ》げてくれた。心から愛した女性をようやく抱いたあの夜は、おおげさでもなんでもなく天にも昇る心地だった。

そして晴臣は海外赴任が決定的となった出張先で萌へ贈る指輪を用意し、ついてきてほしいと改めてプロポーズした。多少緊張したものの、まさか断られるとは微塵《みじん》も考えずに。

『ごめんなさい。この縁談はなかったことにしてください』

彼女は劣悪な環境から解き放たれ、ひとり立ちしたいと望んだ。それは自然な欲求だと思うし、言葉の通じない場所へ身を投じる不安や葛藤も理解できる。

けれど関係解消を申し込まれたあまりの衝撃に普段の冷静さが吹き飛び、言ってはならないことを口にしてしまった。

『そばにいてくれればそれだけでいい！』

晴臣の言葉に萌は目を見張り、次いで悲しそうに瞳を揺らした。

『叔父一家の次は、あなたに囚われながら生きていかなくてはいけないの……？』

彼女のこのひと言に、晴臣は横っ面を張り倒された思いがした。

これまでひたすらに耐え、自分の意志を押し殺して生きてきた萌。誰にも縛られず、自由に羽ばたかせてやりたい。そう考えてこの結婚を持ちかけた。

それなのに彼女と過ごす時間が心地よく、手放したくない一心で最低なことを口走った。

『そばにいてくれればそれだけでいい』だなんて、自立を許さず、家事を押しつけていたあの一家と同じ轍《てつ》を踏もうとしているではないか。

自分の思いだけで彼女を海外へ連れていくのは、萌にとって幸せではない。

そう彼女自身によって自覚させられ、晴臣は引かざるを得なかった。

それから間を置かずにひとりニューヨークへ行き、ひたすら仕事に没頭した。

ニューヨークにいる間も、萌を忘れたことはない。自分のふがいなさからあの時は彼女の手を離す羽目になってしまったが、とても諦めきれなかった。

父も晴臣の気持ちを汲んで、これまでのように『三十までには結婚を』とは言わなくなった。周囲からは変わらず『結婚は？』と聞かれるが、心に決めた人がいると告げて見合い話などはすべて断っている。

いつか自立した萌の隣に立つにふさわしい男となり、彼女を迎えに行きたい。約束したわけでもないし、萌にとっては迷惑な話かもしれない。それでも諦めたくなかった。

そうして二年半ほど滞在して新たな事業所を設立し、軌道に乗せて先月帰国したばかり。

本来なら丸三年いる予定だったのを必死に前倒ししたのには訳がある。

昨年の九月、秋月工業が倒産寸前だという話を耳にした。経費の不正使用などで脱税しており、重加算税を課されて経営不振に陥っているらしい。さらに他社との取引の中で製品不良などの話も出ていて、倒産は時間の問題ではないかと囁かれている。

『うちはもう発注してないのでなんの影響もないですが、もし取引が続いていて巻き込まれていたら面倒なことになっていたかもしれないですね』

資材購買部の社員の報告を聞き、晴臣の脳裏にある疑念が湧いた。

（突然萌が別れを切り出したのは、このためだったんじゃないか……？）

彼女はなにかのきっかけで秋月工業が脱税をしている事実を知り、桐生自動車への影響を懸念したのではないだろうか。

萌は秋月工業で働いていたわけではないが、休日に何度も事務仕事を手伝わされたことがあると言っていた。晴臣の知らないところで呼び出され、実家の不正を知り、晴臣や取引のある桐生自動車に迷惑をかけまいとして身を引こうと考えたのだとしたら……。

優しく聡明な萌ならば、自分よりも他人のために行動する彼女ならば、あり得る話だと思った。

しかし真相を聞こうにも彼女は連絡先を変えてしまっているため、今どこにいるのかもわからない。秋月社長が知っているとは考えにくく、以前の職場は退職済みだった。

いっそ興信所を使って居場所を探そうかと考えていた時に奇跡的に再会を果たし、運命は晴臣に味方したのだと感じた。

(どうしても、萌と話がしたい)

商談を終えると、周囲を気にする余裕もなく、事務所で見つけた萌に声をかけた。

咄嗟に萌の薬指に視線をすべらせたが、指輪はしていなかった。それどころか、萌は晴臣が三年前に贈った四つ葉のネックレスをしていた。自分の考えが正しいのではという希望で気がはやり、いてもたってもいられない。

しかし、晴臣の視線から逃れるように康平の背中に守られていた萌は苦しげな表情をしていた。彼女が自分との再会を喜んでいないのは明らかで、迷惑だと感じているのだろうかと不安が押し寄せる。

萌が実家の不正に気づき身を引いたというのは、晴臣の願望とも言える推測だ。実際は本当に晴臣のそばから離れ、ひとりで生活を立て直したかったのかもしれない。

今も三年前と変わらず萌を思い続けていると知れば、執念深いと怖がらせてしまうだろうか。

「副社長？」

三年前に飛びかけていた晴臣の意識が、小倉の耳打ちによって戻る。

萌がなぜ東京から遠く離れた名古屋で働いているのか正確なところは不明だが、田辺は過去に秋月工業に勤めており、当時の社長であった陽一とは友人関係だったと聞いている。その縁でここにいるのかもしれない。

「失礼しました。彼女の父上の秋月陽一さんに私の父がお世話になっていた縁で、三年前に見合いをしたんです」

「萌ちゃんと見合いを……？」

田辺は萌と晴臣の縁談について初耳だったようで、ひどく驚いた様子で目を見開いている。

萌が話していないだろうとわかっていたのに口にしたのは、彼女の肩を抱いて去っていった田辺の息子だという男に危機感を覚えたからだ。

ひと目見ただけで彼は間違いなく萌に好意を抱いているとわかったし、社長である田辺が咄嗟に彼女を『萌ちゃん』と呼んだことからしても、仕事の付き合い以上に親密なのではないかと焦りが滲んだ。

もしかしたら萌はすでに彼と交際していて、家族ぐるみの付き合いをしているのではないか。

そんな疑念が湧き、牽制《けんせい》するように見合いをしたと話したが、田辺は神妙な顔つきで「そうでしたか」と納得したように頷き、それ以上詳細を尋ねてはこなかった。

彼の表情に引っかかりを覚えたものの、商談相手にこれ以上プライベートな話題を引きずるわけにもいかない。晴臣は気を引きしめて田辺に向かい直った。

「では田辺社長、また来週伺います」

「わざわざ来てくださったのに、すぐにいいお返事ができず申し訳ない」

「いえ。ねじや小さな部品ひとつひとつの品質がお客様の命を守るんですから。慎重になるのは当然です」

田辺ネジを知ったのは、晴臣が帰国した直後だった。

新しい車種を開発するにあたり、現在桐生自動車で使用している部品を一から見直していた晴臣は、ねじを今以上に軽くて丈夫なものにできないかと考えた。

車は一台あたり約三万点の部品から成り立っており、そのうちねじは二千本以上。ねじなくして車は製造できないと言える。人の命を乗せて走る自動車だからこそ、強度と靭性《じんせい》を兼ね合わせたねじが必要だ。

どんなに小さな工場でもいい。強靭かつ軽量で、なおかつ緩みにくく摩耗《まもう》しにくい。そんなねじの開発に取り組む企業を探し、たどり着いたのが田辺ネジだった。

現在田辺ネジが特許を申請中の部品を調べてみると、秋月工業が桐生自動車と取引をしていたねじをさらに改良したような優れたねじで、晴臣が理想とするものに近い。

田辺は以前は秋月工業に勤めており、中でも開発設計の中心的人物として活躍していたようだ。職人としての腕は間違いないだろう。

晴臣はすぐに自社の開発部との共同開発の話を持ちかけた。

田辺は詳しい話を聞く前から桐生自動車と自社の規模の違いに難色を示していたた

め、晴臣は誠意を見せようと東京から名古屋にある工場まで足を運び、実際に開発したいねじについて意見を交わすところまで漕ぎつけた。

あまりにチャレンジングな要望で品質が担保できないと今日は首を縦には振ってくれなかったが、そこは何度もディスカッションして理想のねじと品質が両立できるよう調整していくだけだ。

「〝ねじはすべてのものづくりの根幹〟ですから」

萌が両親の命日に彼らの墓前で教えてくれた、秋月工業の前社長の言葉だ。

『父は酔っ払うと、よく「ねじはすべてのものづくりの根幹だ」って従業員の人たちと熱く語ってました。地味だけど、なくてはならない仕事だから誇りを持ってるんだって』

その話を伝えると、田辺はハッとした表情で晴臣を見つめたあと、懐かしそうに目を細めた。

「秋月の口癖でした。萌ちゃん、覚えていたんだなぁ」

「……萌は、いつからこちらに？」

ついこらえきれずに尋ねてしまったが、田辺は嫌な顔をすることなく、萌を思う優しい瞳のまま晴臣に微笑んだ。

「三年前かな。東京でいろいろあったようで、僕を頼ってきてくれたんです」

「あの、萌は――」

「なにか事情があるようだけど、あとは僕じゃなく萌ちゃん本人と話したほうがいい」

田辺は、さらに質問を重ねようとした晴臣の言葉を遮った。

当然の言い分ではあるが、萌の先ほどの様子では話をしようにも難しそうだ。それに彼女を連れ去っていったのは、他でもない田辺の息子である。

心の声が顔に出ていたのか、田辺は晴臣の表情を見ると肩を竦めて苦笑した。

「僕はもちろん、息子の康平も彼女を大切に思っているんです。なにしろこの三年間、家族のように過ごしてきましたから。無理強いは困りますが、彼女は話をしたいと切望する相手をいつまでも無視できるような子じゃないでしょう」

晴臣が萌と過ごしたのはたった三ヶ月ほど。それでも有無を言わさず晴臣を拒絶するような真似はしないと確信できるのは、人を思いやる温かい優しさを持っている女性だと知っているからだ。

田辺に「来週、お待ちしていますね」と見送られ、晴臣は小倉が事前に呼んでいたタクシーに乗り込んだ。

ゆっくり車が発進すると、晴臣よりも先に隣に座る小倉から「はぁぁぁ」とため息とも感嘆ともとれない声が漏れた。

「……なんですか」

「あの女性が、副社長が毎回見合い話を断るたびに話している『心に決めた女性』ですか。てっきり穏便に断る方便だと思ってました」

興味津々といった感情を隠さず話す小倉は、今年三十六歳になる秘書室の室長。

先月帰国してすぐに副社長に就任した晴臣についた専属秘書で、晴臣の多忙なスケジュール管理や慶弔業務などはもちろん、各部署との調整や資料の作成など多岐にわたる業務をこなしている。

まだ一緒に仕事を始めて一ヶ月ほどだが、晴臣が仕事をしやすいようにすべて整えてあり、一言えば十理解して動く。短期間でもかなり有能な男だと知れた。

「何人もの女性を泣かせてきた副社長が、まさか見合い相手に逃げられていたなんて……」

「語弊《ごへい》のある言い方をしないでください。俺は誰も泣かせていません」

「逃げられはしたんですね」

今日見られていた場面はもちろん、三年前についても否定できないのが悔しい。

小倉の〝桐生自動車の御曹司〟に対して媚びへつらいをしない人柄や、遠慮のない物言いをするところは気に入っているが、さすがにプライベートに踏み込みすぎた軽口にジロリと睨みつける。

しかし彼は晴臣の視線など物ともせずにおかしそうに続けた。

「田辺社長の息子さんとずいぶん親しそうでしたし、これは前途多難ですね」

「小倉さん、面白がってませんか？」

「嫌ですね、副社長。桐生自動車の御曹司でイケメン、仕事もできてついに満を持して副社長就任。そんな完璧な男が目の前で意中の女性を別の男に掻っさらわれてるのを間近で見るなんて、滅多に経験できませんからね。面白いに決まってるじゃないですか」

「……もういいです」

これ以上話していてもからかわれ続けると判断した晴臣は口を噤み、背もたれに身体を預けて目を閉じた。そうすれば浮かんでくるのは当然、萌のことだ。

（三年前よりも綺麗になってたな）

服装やメイクは簡素で華やかさはないが、相変わらず肌は雪のように白く美しく、チョコレート色に染められた髪は艶があった。以前よりも女性らしさが増し、清楚《せいそ》で清廉な雰囲気を纏っているのに不思議な色気がある。

なによりも晴臣を見つめる瞳は吸い込まれそうなほど綺麗で、身動きが取れないほど魅入られた。

（萌、どうしても君を諦められそうにない）

右手の甲を額に当て、首を反らした。

運命的な偶然によって再会し、ぷつんと切れてしまいそうなほど細くとも繋がりができた今、萌を諦めるという選択肢はない。彼女が誰のものにもなっていないのなら、もう一度やり直したい。

今度は互いにメリットがあるなどという打算的な結婚ではない。ただ萌を愛しているから、彼女の夫という立場が欲しいのだ。

晴臣は望みを繋いだ四つ葉のネックレスを思い出す。

あのネックレスをプレゼントした時に交わした約束を果たしたい。萌の両親に代わり、これからはずっと自分が誕生日を祝うのだ。

そのためには、まずはふたりだけで話をしなくては。

晴臣は額に乗せた手をグッと握りしめ、萌をもう一度抱きしめるために自分を奮い立たせた。

6．本音を打ち明けて

唐突な再会の翌週。四月の第二火曜日。週末の雨で桜はほとんど散ってしまったが、今日はうってかわって初夏の陽気を感じさせる快晴だ。

「光莉、陽太。いっぱい遊んでおいでね」

土日は雨のせいで外遊びができなかったため、今朝は早くから「しゅー、する！」「ぶらんぶらん！」と、すべり台やブランコで遊ぶのだとテンションが高い。

保育園の靴箱の前でひとりずつハグとハイタッチをして見送ると、いつものように「ママも、いったっしゃー」と手を振ってから駆けていく。

今日も無事に双子を保育園へ預けると、来た道を引き返して職場へ向かった。

四月といえば、萌が担当する経理の仕事は決算処理で忙しい時期である。日々の通常業務に加え、一年間の伝票データからその年の損益を集計し、年次決算資料を作成しなくてはならない。

以前は事務員の竹内が事務所や工場の備品の管理や来客対応、経理、さらに社員旅行の手配までひとりでこなしていたらしいが、萌が入社してからは経理と来客対応は萌が彼女のあとを引き継いでいる。

以前の会社でも同じような業務を担当していたため、仕事を引き継ぐ際に竹内を煩わせずにできたのが幸いだった。

『萌ちゃんが来てくれたから、私はずいぶん楽させてもらってるわ』

竹内はよくそう言って萌を褒めてくれるが、従業員が二十人ほどの小さな会社とはいえ、事務関連の仕事を一手に引き受けていた竹内の優秀さは計り知れない。いつだったかそう本人に伝えたところ、彼女は『年の功ってやつよ』と不敵に笑った。

その頼もしさがどこか母親を思い出させ、萌は田辺一家と同じくらい竹内を慕っている。

三年前までは誰にも頼れずひとり孤独に生きていたというのに、名古屋に来てからは周囲の人にとても恵まれていた。

田辺や理恵はもちろん、心配性の康平も、親子ほど年が離れているが気さくに話してくれる竹内も、他の従業員もみんな萌によくしてくれる。なによりも萌にとっての宝物、光莉と陽太がいる。

守りたいものができた今、これまでの弱い自分から脱却し、地に足をつけた自立した女性にならなくては。

そう思ってこの数年努力してきたのに、ここ数日はなにをしていても上の空だ。

今も決算資料を作成しているが、ふと先週の出来事が頭をよぎるたびにパソコンのキーボードをたたく指が止まり、なかなか集中できないでいる。

先週の金曜日、三年ぶりに再会した晴臣から声をかけられた際、その場で固まった萌を康平が連れ出してくれたおかげで会話をせずに済んだ。

田辺いわく、田辺ネジの製品を気に入った桐生自動車から共同開発を持ちかけられているが、あまりにチャレンジングな要望で品質が担保できないと感じ、折り合いがつかなかったらしい。

ホッとしたのもつかの間、『どうしても諦められないから、また来ると言っていたよ。若いのに骨のある副社長さんだね』という田辺の発言を聞き、次はいつここに晴臣がやってくるのかと気もそぞろだった。

（晴臣さん、副社長に就任したんだ。いつ日本に帰ってきたんだろう）

気づけば、また彼のことを考えている。

あのあと、彼からもらったネックレスをつけているのに気づいて慌てて外した。未練がましく毎日身につけていると知られては、きっと不快に思われてしまう。それ以降、家のクローゼットに大切にしまったままだ。

それに目ざとく気づいた康平に『いつものネックレス、外したのか』と尋ねられたが、飽きてきたから外したのだとはぐらかした。まさかあのネックレスが、先週やってきた大企業の副社長からプレゼントされたものとは考えもしないはずだ。

康平には晴臣について、父親同士が親しい関係だった縁で知り合った人物とだけ伝えた。見合い相手であり双子の父親だと伝えていないだけで、決して嘘ではない。彼は眉間に皺を寄せて『ふぅん』と頷いただけだった。

集中しきれないながらもなんとかミスなく業務をこなし、終業時間を迎えた。

このあとは双子を保育園へ迎えに行き、スーパーに寄って夕飯の買い物をしなくてはならない。見るものすべてに興味津々の二歳児をふたり連れてスーパーに行くのは、仕事以上に体力がいる。

萌は竹内に「お先に失礼します」と声をかけて事務所を出た。

廊下を渡り二重の自動ドアの前まで来ると、傘立てなどが置かれている風除室《ふうじょしつ》でひとり佇む男性の姿がある。

（晴臣さん……！）

先週からずっと頭から離れない彼が再び目の前にあらわれ、思わず声が出そうになる。

そんな萌の気配に気づいた晴臣は、顔を上げるとすぐにこちらへやってきた。逃げる間もなく対面することになってしまった萌は、ただその場に立ち尽くすしかできない。

「どうして……」

唐突な再会からまだ一週間も経っていない。近いうちにまた来ると聞いていたものの、まさかこんなにすぐだとは思わなかった。

今日は田辺に商談の予定は入っていなかったし、周囲を見る限り秘書らしき男性の姿も見えない。そもそも晴臣はスーツ姿ではなく私服姿だ。ということは仕事で来たわけではないだろうと想像がつく。

「ごめん。職場で待ち伏せなんて非常識だとわかってる。でもどうしても話がしたいんだ。時間をもらえないか」

なぜ。どうして。萌の頭の中に疑問符ばかりが浮かぶ。

あんなにもたくさん幸せを与えてもらったにもかかわらず、萌は一方的に約束を反故にして晴臣の元を去った。

副社長に就任したのならば以前にも増して忙しいはずなのに、わざわざ東京から名古屋まで来て、必死に萌と話したいと懇願する彼の意図がまったくわからない。話の内容の想像がつかず、不安ばかりが募っていく。

　それなのに晴臣の真剣な眼差しに見つめられると、三年前に封印したはずの愛おしさが溢れ出してくるのが自分でも止められなかった。萌の中の彼への想いは消えず、色濃く残っている。

　その証拠に、どれだけ双子が大切で愛おしく感じても、職場や周囲の人々に恵まれていると幸せを噛みしめても、萌の心にはぽっかりと大きく開いたままの空洞がある。晴臣を愛し愛され、幸せで満たされていた日々を自らの手で壊したあの日からずっと、消えない喪失感を抱えて生きてきた。

　彼の元を離れ、後悔しなかったと言えば嘘になる。

　晴臣を愛しているがゆえに、迷惑をかけてはならないと身を切る思いで別れを選んだけれど、叔母や玲香の浅ましい欲望や秋月工業の不正を彼にすべて打ち明け、相談すべきだったのではないかと何度も頭をよぎった。

　そのたびに、あれだけ悩み抜いて決断したのにくよくよと考えてしまう自分の弱さに辟易《へきえき》した。

　けれど今さらなにを悔いてもあとの祭り。もう晴臣は恩知らずな萌など忘れて、素敵な女性を妻に迎えているに違いない。そう考えて自分を律した。

彼は会社を継ぐ立場にあり、社会的信頼を得るために結婚すべきだと考えていたのだ。副社長に就任したのなら、当然結婚しているだろう。陽太と光莉の存在を晴臣に知られるわけにはいかない。

萌は宝物であるふたりの愛らしい笑顔を思い出し、気持ちを強く持って晴臣に対峙《たいじ》した。

「ごめんなさい。私にはお話しすることはありません」

「君になくても俺にはある」

淡々と断ろうとしたが、より強い口調で返されてしまった。

本来、晴臣はとても穏やかで優しい人だ。彼が語気を強めたのは、萌が自分自身を『私なんか』と卑下し続けていた時と、別れを切り出した時の二回だけ。

そんな彼が、焦燥を孕《はら》んだ感情的な声で言い放つ。

「頼む、少しの時間でいい。今度は俺の願いを聞いてくれないか」

そう告げられ、萌は言葉に詰まる。

晴臣は萌の『縁談をなかったことにしたい』という唐突な願いを聞き入れてくれた。話をするための時間を作るなど、彼が受け入れた萌のワガママに比べればとても小さな願いだ。それに多忙な彼が電話ではなく、わざわざ時間を割いてやってきた。

過去に負い目がある萌には、とても突っぱねられなかった。

話を聞くだけ。余計なことをしゃべらなければ、きっと大丈夫。そう自分に言い聞かせる。

「……わかりました。少し、だけなら」

萌が小さく頷くと、晴臣はホッとした表情で「ありがとう」と笑った。

「場所を変えようか。どこか話せるところはあるかな?」

「じゃあ、あの角を曲がったところにあるカフェでもいいですか?」

「もちろん」

「少し電話をしたいので先にお店に入っててください。すぐに行きます」

晴臣には先にカフェへ向かってもらい、萌は理恵に電話をかけた。陽太と光莉のお迎えをお願いするためだ。

残業しなくてはならない時や高熱や怪我など、萌がどうしても迎えに行けなくなった時のために、双子が通う保育園には萌だけじゃなく理恵も保護者として登録している。これまで頼んだ回数は数えるほどしかないが、今日ばかりは甘えさせてもらおうと思った。

「残業とか急病でもないのにお願いしてしまって、申し訳ないんですけど」

『やぁね、いつも言ってるじゃない。私は頼ってくれたほうが嬉しいんだから。陽太くんも光莉ちゃんも、もちろん萌ちゃんも、自分の孫とか娘みたいに思ってるのよ』

理恵が快く引き受けてくれたため、電話越しに何度も感謝を伝えてカフェへ急ぐ。

平日の夕方とあって注文カウンターには数組の客が並んでおり、奥のイートインスペースはほとんど満席だ。ぐるりと店内を見回すと、窓側の席で萌を待っている晴臣をすぐに見つけられた。

（相変わらず、すごく目立つ……）

注文したアイスココアをのせたトレイを持って、周りの注目を一身に浴びている彼の待つテーブルへ行く。すると晴臣は立ち上がり、萌の席の椅子を引いてくれた。その洗練された行動に、周囲の女性たちから湿度の高いため息が漏れ聞こえてくる。

「あ、ありがとうございます」

こうした優しい気遣いに触れるのも三年ぶり。どうしたって胸が高鳴ってしまうのを止められない。

ふと彼の飲み物を見ると、萌と同じアイスココアの上に生クリームがたっぷり乗っていた。

（すごく甘そう。晴臣さん、好みは変わってないんだ）

彼の見た目と味覚のギャップが懐かしく、つい頬が緩む。

「今、相変わらず甘党だなって思ったろ」

「えっ？　思っ、いました」

否定するのもおかしくて正直に頷くと、晴臣は声をあげて笑った。

彼なりに硬くなっている萌をリラックスさせようとしたのかもしれないが、久しぶりに見た晴臣の笑顔に胸が締めつけられて苦しくなる。

（やっぱり、陽太と光莉に似てる……。ううん、陽太と光莉が晴臣さんに似てるんだ）

その事実が切なくて、彼を直視できずに目を伏せた。ふたりの天使のような愛らしさは、彼の類まれな美貌を存分に受け継いでいるのだと痛感する。

しばらく互いにドリンクを飲んで沈黙が続いたが、やがて晴臣が口火を切った。

「元気そうで安心したよ。まさか名古屋で再会するなんて想像もしてなくて驚いたけど」

なんと答えるべきか迷い、萌は言葉を発さずに頷くに留めた。

「あのあと、すぐに名古屋に？」

「……はい。田辺社長は父の親友だった人なんです。両親が亡くなったあとも年賀状のやりとりだけは続けていて、なにかあれば頼ってほしいと言ってくれていたので」

「そうだったのか。そのこと、秋月社長たちには？」

萌は静かに首を横に振った。晴臣と同様、叔父一家にもいっさい連絡を取っていないし、向こうからの接触もない。もうきっと二度と会うことはないだろうが、彼らを家族とは思えないし、それでいいと思っている。

そう告げると、晴臣は大きく頷いて穏やかに微笑んだ。

「あの一家と縁が切れたのか。よく頑張ったな」

萌を労う晴臣の言葉を聞き、彼の器の大きさに泣きそうになる。

萌が頑張れたのは、晴臣に出会い、自分の意志を持つ勇気を持てたからだ。すべてを諦めて自分の心を殺して生活していた萌に晴臣が希望をくれたおかげで、今の萌がいる。

劣悪な環境から救ってもらい、数えきれないほど世話になっておきながら、ひどい言葉で結婚の約束を反故にして逃げ出した自分に、なぜそんなふうに言えるのか。

彼の優しさが心に染み込み、目頭が熱くなる。

（もう私に優しくしないで……）

これからは大切な宝物を守りながら、ひとりで生きていかなくてはならないのだ。

それなのにいまだ忘れられない彼から優しい言葉をかけられれば、心が勝手に甘えてしまいそうになる。

混雑しているカフェで泣きだすわけにいかず、萌は必死に唇を噛みしめた。

その萌の表情になにを思ったのか、晴臣はふうっとひとつ大きく息を吐き出すと、姿勢を正してこちらをじっと見据えた。

「萌。もう一度、俺とやり直してくれないか」

あまりの衝撃に声も出ない。お見合い時の突然のプロポーズにも驚いたが、今はその比ではなかった。

萌がただ固まっていると、晴臣はおもむろに頭を下げた。

「あの時、『ただそばにいればいい』なんて萌を縛りつけるようなことを言って、本当にごめん」

「は、晴臣さんっ⁉」

「そばにいてほしいからと俺のエゴを押しつけた。確かにあの発言は、君をいいように虐げ続けてきた秋月社長たちと同じだ」

彼の言わんとしていることを察し、萌はハッとした。

三年前、ニューヨークへついてきてほしいと指輪を差し出した晴臣に対し、萌は言い放ったのだ。

『叔父一家の次は、あなたに囚われながら生きていかなくてはいけないの……？』

そんなふうに思ったことはないし、誓って本心ではない。

英語も話せず、きっとなんの役にも立たないであろう萌に対し、そばにいてくれればそれでいいと言った彼の気持ちは飛び上がるほど嬉しかった。

なのに晴臣から離れなくてはと必死になるあまり、ひどい言葉で傷つけた。

あの時は結婚を反故にし、嫌われることで彼の元を去る方法しか浮かばなかった。

自分と結婚することで、彼や桐生自動車の迷惑になってはいけない。それだけしか考えられなかったのだ。

まさか晴臣が自分に非があると認めて謝罪するとは露ほども思っていなかった萌は、このままではいけないと必死に言葉を探した。

（だって、晴臣さんはなにひとつ悪くないのに）

萌にとって晴臣は初めて好きになった男性であるのと同時に、自分を救ってくれた恩人でもある。その彼と、萌を虐げ続けてきたあの一家とを同列に並べるなんて、今思い返しても最低な発言だ。

罪悪感と自己嫌悪で潰れそうになりながら、その言葉だけでも訂正しなくてはと口を開きかけたが、先に話し始めたのは晴臣だった。

「ニューヨークの事業所は俺の手から離れた。細々した出張はあるかもしれないけど、今後はずっと日本で生活する予定だ。君を籠《かご》の鳥のような扱いにはしないと約束する。だから、もう一度結婚を前提に付き合ってほしい」

「は、晴臣さんは、副社長に就任されたとお伺いしました。それならば、もうご結婚をされているのでは……?」

「あり得ない」

震える声で疑問を口にした萌に、晴臣はきっぱりと否定した。

「萌以外の女性と結婚するなんて考えられない。お願いだ、俺にもう一度チャンスをくれないか」

懇願するような告白に、萌は絶句した。泣きそうなほど嬉しいのに、罪悪感で胸が苦しい。

本音を言えば、萌だって彼と同じ気持ちだ。康平から双子に新しい父親を作るかと聞かれたこともあるが、あり得ないと断言できる。

光莉と陽太の父親も、萌が心から愛しているのも、目の前の彼しかいない。きっとこの先も気持ちは変わらないだろう。

「謝らないでください」

「萌」

「籠の鳥だなんて……囚われていると感じたことなんて一度もありません。あの人たちと晴臣さんが同じなわけがない……っ！」

必死に首を振って思いを伝えると、晴臣もまた苦しそうに眉間に皺を寄せて萌を見つめた。

「じゃあどうしてあの時、俺から離れた？」

「それは……っ」

なにも言葉を紡げずにいると、予期せぬ声が店内に響いた。

「あっ、いたー！」

「ママー！」

ぎょっとして振り返ると、両手に双子を連れた康平がこちらにやってくるところだった。

思わずガタンと大きな音を立てて立ち上がる。

陽太と光莉は嬉しそうに萌に手を振っているが、振り返してあげられる余裕はない。

（どうしてここに……？）

双子のお迎えは理恵に頼んだはずだ。なぜふたりが康平といるのかと彼を見れば、康平の鋭い視線は晴臣に向けられている。

シングルマザーとして双子の子育てに奮闘する萌を間近で助けてくれているせいか、康平はふたりの父親にいい感情を抱いていなさそうだった。

田辺や康平には双子の父親が晴臣だとは話していないが、先日初めて晴臣が来た際の萌の様子を見てなにか察しているのだとしたら、今の状況は限りなくまずい。

この場をどう切り抜けたらいいのかと頭をフル回転させていると、康平が萌に視線を移して小さく微笑んだ。

「保育園から帰る途中、萌が見えたから迎えに来た」

「待って、理恵さんにお迎えを頼んだんだけど」

慌てる萌と対照的に、康平は落ち着き払っているように見える。

「用事があって半休を取ってたから俺も一緒に保育園まで迎えに行ったんだ。ふたりが今日の夜はみんなでうどんが食いたいって言うから、おふくろは先に帰って準備しておくってさ」

「ママ、ぼくめんめんたべる」

「ひかりもー」

呆然とする萌の手を取り、陽太と光莉はキャッキャと要望を伝えてくる。

なすがままにブンブン腕を振り回されながら、萌はおそるおそる晴臣を振り返った。

（どうしよう。お願いだから気づかないで……！）

祈るように晴臣の顔を窺うと、声を失くしたように絶句している。

改めて見ても、双子の顔立ちは本当に彼によく似ていた。おそらく晴臣の幼少期の写真を見れば、目の前のふたりと同じ顔をしているのだろうと想像がつく。だからこそ晴臣がなにを考えているのかが手に取るようにわかった。

動揺して頭が真っ白になり、どうすべきかまったく考えられない。そんな萌の背中を、康平がぽんとたたいた。

「ほら。ふたりも腹減ってるだろうし、帰ろう」

「康平くん……」

晴臣の存在を無視して萌を連れ帰ろうとする康平に困惑していると、それを引き留めたのは晴臣の硬い声音だった。

「萌、君の子供なのか？」

晴臣は立ち上がり、萌と両サイドにいる陽太と光莉を交互に見比べる。話したくないとはいえ、双子の前で自分の子ではないなんてひどい嘘はつけない。

「はい」

「双子か……父親は？」

予想していた質問だが、まだどう答えるべきか正解が見えていない。いずれ双子には父親について話さなくてはならない日が来るとわかっているものの、それは今ではないはずだ。

口を閉ざした萌に、晴臣は真剣な眼差しで尋ねた。

「俺だよね？」

「あなたには関係ない。この子たちは俺の子だ」

晴臣の質問に答えたのは康平だった。

萌は思いも寄らない康平の返しに驚く。本当のことを言えずに困っているのは確かだが、別の男性を父親だと嘘をつく気はない。それに今後はビジネスパートナーになるかもしれない相手なのだ。彼らの間になぜかバチバチと火花が散るのが見えるが、すぐにバレる嘘をつくのはよくないのではと焦った。

「あ、あの――」

「見たところ二歳くらいかな。俺が萌と別れたのが約三年前……正確には二年と九ヶ月前だ。辻褄《つじつま》は合う」

「だからなんだって言うんですか」

混雑したカフェの奥まった席で、長身の男性ふたりが睨み合っている様は周囲の注目の的だ。しかしどれだけ視線を浴びようとも両者は一歩も引く気がないようで、じっと互いを見据えている。

「彼女は俺と別れてすぐに他の男との間に子供をつくるような女性じゃない」

「あなたにこの三年間の萌の行動をとやかく言う資格はないでしょう」

ピリピリした空気を敏感に察した光莉が、怯えながら萌にしがみついてきた。

「ママ、こーくん、こわいしてる？」

普段見ない康平の様子に驚いたのだろう。光莉につられ、陽太も反対側の手をぎゅっと握りしめている。

「ふたりともごめんね。大丈夫だよ、怒ってない。ママも康平くんもちょっと……大事なお話をしてただけ」

萌は慌ててその場にしゃがみ、両手でぎゅっとふたりを抱き寄せる。すると、康平をパパと呼ばない萌や双子に、晴臣が確信を得たように呟いた。

「ママと……〝パパ〟じゃないんだな」

そして彼は萌と同じように屈んで双子と視線を合わせると、いつもの穏やかな声で「驚かせてごめん。ビックリしたよね」と微笑んだ。

「名前を聞いてもいいかな？」

まさか双子に積極的に話しかけるとは思わず、萌は止めるタイミングを失ったまま、成り行きを見守るしかない。

人見知りな光莉は萌の後ろに隠れたが、活発な陽太は二本立てた指をぐいっと前に出して得意げに答える。

「よーた、にしゃい」

「ようたくんか。上手に言えてすごいな。教えてくれてありがとう。俺は桐生晴臣だよ」

褒められたのが嬉しかったのか、さらに陽太は光莉や萌を晴臣に紹介するように指をさしていく。

「ひかり、ママ、こーくん」

つたない言葉で一生懸命話す陽太の可愛らしさに晴臣が目を細めた。その姿を見ていると、本来はこうしてたわいないおしゃべりをする権利があるはずなのに、自分の選択が父子《おやこ》の時間を奪ってしまったのだと罪悪感が込み上げてくる。

「パパは？」

「パパ、うみのあっち」

「……海のあっち？」

陽太の発言に息をのむ。咄嗟におしゃべりを止めようと「陽太！」と名前を呼んだが、楽しそうに話す彼はニコニコと誇らしげに答えた。

「ぶーぶーちゅくる。かっこいいやちゅ」

その言葉の意味を理解した瞬間、晴臣は目を見開いて萌に視線を移した。

「萌」

「ちが、あの、今のは……」

慌てて言い訳を探したが、萌自身ももう否定できないとわかっていた。

「日を改めよう。もう一度、ふたりで話す時間を作れる？」

双子がここに来てしまった以上、このまま話を続けるわけにもいかない。

晴臣の強い眼差しと気迫のこもった言葉に、萌は頷くしかなかった。

＊　＊　＊

その週の土曜日。萌は双子を保育園に預け、駅直結の某ホテルへと向かった。

何度も東京から名古屋まで来てもらうのも申し訳ないと思いつつ、電話で済ませられる話でもない。ふたりだけで話せる空間のほうがいいだろうと晴臣が部屋を手配してくれたのだ。

待ち合わせは十三時。朝から仕事をこなしてきたらしく、晴臣はスーツ姿であらわれた。フロントでチェックインを済ませると、エレベーターで客室フロアへ上がる。

階数表示は最上階である五十二階を示していた。

まさか話をするためにスイートルームを取っているとは思わず、萌は豪華な内装に圧倒されつつ部屋の奥に進み、ソファに座った。

「お昼は食べた？」

「はい、私は。晴臣さんはまだなんじゃないですか？」

「いや、俺も新幹線の中で食べたから大丈夫。なにか飲み物を頼もうか」

相変わらずの優しい気遣いが嬉しくもあり、それを自分が受け取ることに罪悪感もある。萌が小さく首を横に振ると、晴臣は「わかった」と頷いた。

「時間がないから単刀直入に聞く。この前会った子たちは、俺の子だよね？」

きっと彼の中ではすでに確信しているはずだ。それでも問いかけてくるのは、いったいどうしてだろう。

晴臣と再会してからずっと悩んでいるが、まだこの問いかけに素直に頷いていいのかわからないでいる。すると、晴臣は萌と別れたあとのことを話しだした。

「結婚の話を進める方向で同居していたから、両親は俺たちが破談になったと知ってすごく残念がっていたんだ。特に父はあの見合いでの様子を見て君の置かれた環境に驚いていたし、怒りを覚えていたから」

お見合いの席で会った晴臣の父を思い出す。一番末席に座っていた萌に対し、優しく話しかけてくれた。そんな彼を落胆させてしまい申し訳なく思っていると、晴臣はさらに萌の知らない話を続けた。

「だから俺が萌に振られたと知ると『なにをしてるんだ』って叱られたんだけど、さらに怒り心頭だったのが秋月社長夫妻でね。婚約破棄の慰謝料だなんだと連日連絡をしてきたり、やはり萌ではなく自分たちの娘を嫁がせると身上書を送ってきたりと、あの手この手でうちとの繋がりを持とうとしていたらしいんだ」

その頃にはもう晴臣は海外赴任へ飛び立っていたため、あとから宏一に聞いたのだという。

萌が叔父一家から離れてもなお迷惑をかけていたのだと知り、自分さえ離れればいいと考えた浅はかさに目眩《めまい》がしそうだった。

「そんな顔をしないで。もちろん相手にしてないし、二年前に秋月工業との取引は完全に終了したんだ。俺たちももうほとんど関わりはないよ」

取引が終了したという晴臣の言葉にホッとしたのもつかの間、彼は探るような眼差しを向けてくる。

「昨年の九月、秋月工業に税務調査が入ったんだ。そこで脱税が発覚して加算税が課され、経営は火の車となった。……知ってた？」

心臓がバクバクと嫌な音を立てている。晴臣の視線に耐えきれず、萌は顎を引いて俯いた。

「さらに製造工程で出た不良の検品を怠っていたらしくて、取引先数社から訴えが上がっている。倒産は時間の問題だろうね」

「え……？」

初めて聞く話に、萌は思わず顔を上げた。

晴臣はそれを見逃さず、畳みかけるように言葉を続ける。

「萌、君は秋月社長の不正に気づいてたんじゃないか？」

図星を突かれ、ビクッと身体が跳ねた。

「君と再会して確信した。別れを切り出した理由は、本心じゃなかったんだって。いつかはわからないけど、君は会社の不正に気づいた。そして俺と結婚したら、君の実家である秋月工業がうちに不利益をもたらすかもしれないと危惧した。だから俺から離れた……違う？」

肯定も否定もできないまま、ただ唇を噛みしめて涙をこらえた。

その様子を見て、向かいのソファに座っていた晴臣が「やっぱりそうか……」と呟いて顔を覆う。絶望と苛立ちがないまぜになった声音に、萌は身を竦める。

晴臣は立ち上がって萌のすぐ隣に移動すると、腰を下ろすなりぎゅっと力強く抱きしめてきた。

「ごめん。俺は君の言葉を鵜呑みにして、一番苦しい時にそばにいてあげられなかった」

三年前と変わらぬ温かい腕に包まれ、視界がゆらりと揺れる。

「本当にごめん。あの時に気づいてあげられていたら、ひとりで悩んでつらい思いをさせることもなかったのに」

怒りと悔しさを滲ませ、晴臣が懺悔《ざんげ》するように頭を垂れた。

自分を抱きしめる腕にそっと手を添えながら、萌はゆっくりと首を横に振る。

晴臣が謝ることはなにひとつない。そう伝えたいのに、声が喉に張り付いて話せそうにない。

「今さらと思われても仕方ないけど、三年前から変わらず萌が好きだ。君と……いや、君たちと、家族になりたい」

晴臣の言う『君たち』が、陽太と光莉を指しているのは明らかだ。

勝手に子供を生んでいたのをひと言も責めずに受け入れてくれる彼の優しさに胸を打たれるが、素直に頷けない理由がある。

「……私、なんです」

萌はそっと彼の腕を押し戻し、距離を取って座り直した。

「叔父と叔母の不正を知っていただけじゃない。私が、それを告発したんです。誰にも相談しないまま……」

当時のことを思い出すと、胸が苦しくて張り裂けそうに痛む。それでも萌は真実を打ち明けた。真摯に想いを告げてくれる晴臣に対し、自分もまた誠実でいたいと感じたのだ。

「三年前、晴臣さんの海外出張中に叔母から会社の手伝いをするよう電話が来たんです。だから私、もうこれっきり縁を切ってほしいと頼むために実家へ行きました。あなたと生きていきたいからこそ、私から決別をするべきだと思って……」

そこで経費の不正使用に気づいたが、そのまま計上するように指示をされたこと。

その行為は犯罪であり、正すように叔父と叔母に初めて意見をぶつけたこと。

萌は記憶の引き出しからひとつずつ取り出して話していく。

「でも聞き入れてもらえなくて、それどころか私と晴臣さんが結婚することで、桐生家や桐生自動車からの援助や補填をあてにしているような口ぶりで……。私ひとりでは止められなかった。だから……」

「萌」

その様子を容易に想像できたのか、晴臣は痛ましげな表情でこちらを見ている。

「本当は晴臣さんにプロポーズされてとても嬉しかったのに、どうしても頷けなかった。父が大切にしていた会社を……まだたくさんの従業員の方がいるのに、倒産してしまうかもしれないと思いながら、私は……」

「君はなにひとつ間違っていない。不正に気づいても告発するのはかなりの勇気が必要だっただろう。それがあの一家相手ならなおさらだ。よく頑張ったな」

膝の上で硬く握る萌の手を、晴臣が優しく包み込む。

葛藤や不安をすべて溶かすような温かさにすがりつきたくなって、慌てて手を引いた。

「萌？」

「離れるためだとしても、ひどいことを言って本当にごめんなさい。それに、迷惑をかけたくなかったのに、結局叔父たちが晴臣さんのお父様にご迷惑を……」

晴臣はお見合い当初から伝えてくれていた。いい夫婦になるために、なんでも言い合える関係でいようと。にもかかわらず、萌は本心を隠したまま彼から離れた。

晴臣の重荷になりたくない。それ以上に、迷惑をかけて嫌われたくない。そんな自己保身にも近い思いから、身勝手に結婚の約束を反故にして彼の元を去った。逃げ出したのだ。

「私といては、きっとまた迷惑をかけてしまいます」

連絡先を変え、居場所を知られないように手続きはしたが不安は尽きない。

経費の不正使用の告発をしたのは間違いなく萌だとわかっているだろうし、晴臣の言う通り製造品の不良で他社から訴えられているのなら、彼らの怒りや鬱憤の矛先はすべて自分に向けられるに違いない。

その上、萌が晴臣と結婚したと彼らの耳に入れば、どんな手段で萌に報復しようとするか、考えるだけでも恐ろしい。

萌はやんわりと晴臣との復縁を拒絶したが、彼は頑として頷かなかった。

「みすみす君を手放してしまった過去の俺とは違う。それに、あんなに可愛い子たちがいるのなら、なおさら君たちを守らせてほしい」

「晴臣さん……」

「子供たちの父親は、俺だよね」

この部屋に入った時と同じ質問が繰り返される。

これ以上ごまかしようがなく、萌は頷いた。

「勝手なことをして、すみません。こっちに着いて、告発したあとに気づいて……連絡しようか迷ったけど、どうしてもできなくて……」

言葉を詰まらせながら話す萌を、晴臣は再び優しく抱きしめた。

「謝らないで。きっとたくさん悩ませたよな。それでも、ふたりを生んでくれてありがとう、萌」

「晴臣さん……」

相談もなしに生んだにもかかわらず、『ありがとう』と感謝されるとは思わなかった。彼の胸の中にいると、双子の誕生を歓迎してくれる晴臣の気持ちが直接伝わってくる気がする。久しぶりに感じるぬくもりに抗えず、萌はそっと身体を預けた。

「ひとりで双子を育てて、大変だったよな。仕事と家事をしながら双子の育児なんて……全部背負わせてしまって、後悔してもしきれない。そばにいられなくて本当に

「ごめん」

「晴臣さんのせいじゃないです。自分で考えて決めたんです。私が、ふたりに会いたいって思ったから」

『いいか悪いかじゃない。萌がどうしたいかだよ』

晴臣からもらったこの言葉は、ずっと萌の心の支えだった。思考を止めず、たくさん考えて悩んで決めた。

そう告げると、晴臣は驚いた表情をしたあと、愛おしそうに目を細めて頷いた。

「ずいぶん強くなったんだね」

「晴臣さんと、子供たちのおかげです」

「ふたりを見た時は衝撃だった。特に陽太は昔の俺にそっくりだったから」

子供たちと鉢合わせた時の晴臣の様子が脳裏に蘇《よみがえ》り、申し訳ない気持ちになる。

「驚かせてすみません。まさかあの場に子供たちが来るとは思わなくて」

「……連れてきたのは、田辺社長の息子さんだよね？」

「はい。社長にも康平くんにも双子が生まれる前からお世話になってるので、あの子たちもすごく懐いてて」

康平の名前を出した途端、萌を抱きしめる晴臣の腕の力がグッと増した。

「再会した日も、あのカフェでも、俺がどれだけ嫉妬したかわかる？」

「え？」

「せっかく萌にもう一度会えたのに、目の前で他の男に掻っさらわれたんだ。それに彼は自分が父親だと名乗った」

わずかに怒りを孕んだ低い声音は、甘い毒となって萌の身体に染み渡る。

「あれは……たぶん私がおろおろしていたのを見て、康平くんが機転を利かせてくれただけで」

「それを汲み取れるくらい親しい関係なのを見せつけられて、気が狂いそうだったよ」

晴臣にとって面白くない状況だと言葉にして伝えられ、申し訳なさと同じくらい、嫉妬するほど自分を想ってくれているのだと実感して頬が熱くなった。

自分といては迷惑になる。そう思って晴臣からの復縁に頷けないでいるくせに、彼の気持ちを嬉しく感じている。

矛盾ばかりで、自分でもどうしたらいいのかわからずに立ち往生している気分だった。

「でも萌があのネックレスをしていたから諦めずにいられたし、二度と離さないと決めた。今すぐに結婚してほしいとプロポーズしたいところだけど、萌の気持ちが追いつくのを待つ。まだ彼らに俺が父親だと明かしたくないのなら、それでもいい。でもこれからは俺にも関わらせてほしい。あの子たちを一緒に育てていく権利をくれないか」

実の父親であると知った以上、萌がなんと言おうと晴臣には双子に関わる権利があるはずなのに、彼は無理強いすることなく確認してくれる。

萌を対等に扱い、意見を汲み取ろうとしてくれるところがとても好きだったのだ。それが鮮明に思い出され、胸が苦しくなる。

「で、でも東京と名古屋では距離が……。晴臣さんはお忙しいでしょうし」

「新幹線で二時間もかからないよ。それに君たちと会えるなら、時間なんていくらでも作る」

そう力強く宣言され、ひとりで頑張らなくてはと常にピンと張られていた緊張の糸が少しだけ緩む。

「まずは来週、また来てもいいかな？　萌を口説き落とすためにも、ふたりに俺に慣れてもらうためにも、四人で出かけたい」

彼の腕に包まれたまま、顔を覗き込まれる。久しぶりに至近距離で見る彼は相変わらず端正で美しく、見つめられると意図せず耳まで赤く染まってしまう。

「晴臣さんは、本当にそれでいいんですか？」

「俺の希望はひとつだよ。萌と、陽太と光莉と、四人で家族になりたい。もちろん責任感なんかじゃない、萌を今でも愛してるから結婚したいと思ってる。でも萌の気持ちを無視して進めたりはしないから、今後のことはゆっくり決めていこう」

晴臣の真剣な訴えは萌の心を震わせ、不安な心ごと包み込む。

まだ彼との結婚には頷けないけれど、父と子の間を引き裂きたいわけではないのだ。

彼から初めて結婚を申し込まれた時にも感じた〝この人なら大丈夫〟という直感が、今も萌の決断を後押ししてくれた。

「わかりました。来週、子供たちと遊んであげてくれますか？」

緊張しながら問いかけると、晴臣はとても嬉しそうに微笑む。

「ありがとう。もちろん子供たちと遊べるのは嬉しい。でも一番の目的は、君を口説くことだって忘れないで」

至近距離で甘い眼差しを注がれ、どうリアクションしたらいいのかわからない。

萌は真っ赤に染まった顔を両手で覆って、小さく頷くしかできなかった。

7. 家族になりたい

「光莉、陽太とお揃いのシャツ着るんじゃなかったの？」

「やだの！　わんぴしゅ！」

「わかった、じゃあワンピース出すから待ってて。陽太はそのズボン泥だらけだから脱いでね」

「あい」

「あっ、そこで脱がないで洗面所に行って！」

四月中旬の土曜日。今日は晴臣と萌、そして双子の四人で出かける予定だが、朝から近所の公園へ行って泥だらけで帰ってきたため、まだ双子の準備が終わっていない。

晴臣が萌の暮らすアパートに迎えに来ると約束した時間まであと二十分ほど。ゆとりを持って公園から帰ってきたはずが、帰り道で陽太が水たまりで転んだり、光莉が急に違う服に着替えたいと言いだしたりと、いつものこととはいえ慌ただしい。

「ママ、わんぴしゅ、ぴんくのね」

「はい、どうぞ。手をこっちに入れて」

「んーん！　ひかり、しゅる」

「よーたも、じゅぼん！　しゅる！」

ふたりは二歳を過ぎた頃からなんでも自分でしたがるようになった。自我が芽生えて成長している証なので見守ってやりたいが、急いでいる時はつい手を出したくなってしまう。

「ママ手伝おうか？」

「やーの！　ママ、め！」

拒絶する言葉もふたりで声を揃えられると、つい可愛くて頬が緩む。

その間に自分も手早く身支度を調え、しばらくふたりの奮闘を見守っていると、玄関のチャイムが鳴った。

（やだ、もうそんな時間？）

萌はリビングで着替えるふたりに「ここで待っててね」と言い置き、玄関へ急いだ。

わざわざ東京から名古屋まで時間をかけて来てくれた相手を待たせるなんて申し訳ないが、事情を話して謝ろうと慌てて扉を開けた。

「はい。ごめんなさい、まだ――」

「っと、不用心だな。返事しながら開けるなよ。ドアスコープ見てないの、足音でわかったからな」

「あれ、康平くん？」

扉の前に立っていたのは晴臣ではなく康平だった。

「おはよう。どうしたの？」

「あぁ。おふくろがたくさん作ったから持っていけって。つくねの照り焼きと、さつまいものポテトサラダ。どっちも三日くらいは保つってさ」

大きな保冷バッグをふたつ受け取りながら、萌はお礼を告げた。

「わぁ、嬉しい！　理恵さんの照り焼き大好き。ふたりは最近さつまいもにハマってるから、きっと大喜びしてすぐ食べきっちゃうと思う」

「この前その話を聞いたから作ったんだろ、きっと」

理恵は育児をしながら働いている萌を気遣い、平日は自宅の夕食に招いてくれたり、休日にはこうしておかずを差し入れしたりしてくれる。

「なんだか催促したみたいで申し訳ないな」

「いいんだよ。遠慮せずに頼られたほうが嬉しいんだから」

「うん、いつもありがとう。理恵さんにもよろしく伝えてね」

いつも甘えてばかりで申し訳ないと思う一方、頼られたほうが嬉しいという彼らの温かい言葉が心強い。

「あぁ。その格好……どっか出かけるのか？」

康平に指摘され、萌は自分の服装を改めて見下ろした。

いつもの休日なら子供たちと遊んだり、スーパーに買い物に行ったりするだけなので、シンプルなトップスにデニムなどのカジュアルなスタイルばかりだ。

今日も先ほどまではそうだったが、帰宅してからシフォンブラウスに綺麗めなパンツとセットアップのジレに着替えている。

メイクもいつもと違ってきちんとベースから作り、手持ちのコスメでできる限り華やかになるように仕上げた。

どこに行くのかは聞いていないが、晴臣と会うのなら少しでも身綺麗にしていたい。そう感じる自分は、やはりまだ彼を想っているのだと強く自覚した。

すると、康平は小さく息を吐いたあと「桐生さんか」と呟いた。鋭すぎる指摘に目が点になる。

「どうして……」

「やっぱり、あの人が双子の父親なのか？」

あのカフェでのやりとりを思えば、その結論に行き着くのは不思議ではない。奥にいる陽太と光莉を思って小声で尋ねる康平に対し、萌は小さく頷いた。

「……ずっと黙っていて、ごめんなさい」

この国で暮らしていて桐生自動車の名前を聞いたことがない人はいないだろう。そんな大企業の御曹司との子供を無断で生んで育てているなど、とても口にはできなかった。

頭を下げると、康平が萌の肩をぽんぽんとたたいた。

「謝ることじゃないだろ。訳アリだろうとはわかってたしな。桐生さんは萌を追ってここに？」

「ううん。最初は彼も知らなかったみたいで、すごく驚いてた」

「……運命の再会ってやつか。それなら、俺の出番はもうないな」

普段はぶっきらぼうだが張りのある康平の声がやけに寂しげに聞こえ、萌はハッとして顔を上げた。

「康平くんには感謝してる。双子もすごく懐いてるし、とっても助けられたよ。出番がないなんて、そんな」

「そういう意味じゃねぇよ。ニブいとは思ってたけど、こうも気づかないもんか」

「え？」

彼の言う意味がわからずに首をかしげると、康平は「なんでもねぇよ」と苦笑する。

すると、後ろから賑やかな声とともにパタパタと足音が聞こえた。

「ママー、きれたよー！　あっ、こーくん！」

「ほんとだ、こーくん！　あそぼー！」

「おー、光莉も陽太も相変わらず元気だな。遊ぼーって陽太、お前ズボン穿けてねぇじゃん。ったく」

康平は抱きついてきた双子の頭をくしゃくしゃと撫でると、慣れた手つきで陽太のズボンを穿かせる。

「ふたりとも、悪いけど今日は俺は遊べないんだ。理恵おばちゃんのご飯持ってきただけ」

「えぇーっ」

〝こーくん〟が大好きなふたりは、同じ顔で口を尖《とが》らせて不満を主張している。

「ごめんな。その代わり、ママとこれからお出かけなんだろ？」

「あっ、そうだ」

「おでかけ！　ママ、ひかり、うしゃぎしゃん！」

昨日からふたりには『ママのお友達とお出かけするよ』と伝えてある。晴臣についてどう伝えるか悩んだ結果、今日はまだ父親だと告げない選択をした。

その理由は、萌自身が晴臣との再会を受け止めきれていないせいだ。

家族になりたいと改めて告げてくれた彼に対し、萌はまだなにも答えを返していない。自分自身が宙ぶらりんな気持ちのまま、双子に父親についての説明などできそうになかった。

晴臣にも正直にそう伝えると【もちろん萌の意見を尊重するよ】と返事が来た。急《せ》かさない彼の優しさに甘えている自覚はあるが、だからこそ気負いすぎずに四人で出かけられる気がする。

「うん、うさぎさんの髪型ね。してあげるから、ゴムを準備できる？」

「できるー」

「じゃあふたりとも、向こうで待っててね」

「はーい」

声を揃えて部屋へ戻っていくふたりに視線を向けていると、康平が「ひとつ聞いていいか」と萌を見据えた。

「萌がつけてたネックレス。あれって桐生さんからのプレゼントか？」

肌身離さず身につけていた四つ葉のネックレス。両親の墓前で誕生日を祝ってくれた彼の優しさが、ずっと萌を支え続けていた。突然再会してからずっと外しているネックレスは、今も大切にクローゼットにしまってある。

「うん」

「そうか。もともと俺の出る幕はなかったってことか」

頷きながら呟いた声は小さくてよく聞こえない。しかし聞き返す前に、康平が続けて口を開いた。

「それで？　東京に戻るのか？」

「ううん。まだ、なにも……」

晴臣は結婚を前提にやり直したいと伝えてくれたが、萌はいまだに返事ができずにいる。

叔父一家が本当に晴臣に迷惑をかけないかも心配だし、晴臣とやり直すとなればきっとここを離れることになる。お世話になった田辺たちになんの恩返しもできないまま離れるのは心苦しいし、なにより今は自分の気持ち以上に双子の気持ちや環境を優先したい。

そんな萌の心情を察したのか、康平が両手を後頭部で組み、あっけらかんとした声で言った。

「新しい環境に慣れるのは、大人よりも子供のほうが早いと思うぞ。それから、会社とか俺たちのことは気にしないで萌がしたいようにすればいい。親父とおふくろも、萌が幸せになってくれるほうが嬉しいに決まってる。もちろん……俺も」

照れくさそうに付け足す康平の耳がほんのり赤い。

身長も高く体格のいい彼は基本的に寡黙なタイプで、初対面の時は怖くて目もほとんど合わせられなかった。

しかしぶっきらぼうな優しさに、萌は何度も救われてきた。

「ありがとう。私はひとりっ子だけど、お兄ちゃんがいたらこんな感じなのかな」

「……なんでだよ、同い年だろ」

「だってやっぱり康平くんのほうがしっかりしてるから」

そう言うと、康平は目を細めて笑った。

その時、コンコンと玄関の扉がノックされる。

ハッとして奥のリビングの時計を振り返ると、すでに約束の時間の十分前。おかずの入った保冷バッグを持ったまま慌てていると、ドアスコープを覗いて外にいる人物を確認した康平がドアを開けた。

「こんにちは、桐生さん」

「あなたは……田辺さん？　どうしてここに」

　にこやかに出迎えた康平に対し、一瞬驚いた表情をした晴臣は眉を寄せて鋭い視線を康平へ向けている。

「怖い顔をしないでください。母からの差し入れを持ってきただけで、部屋には上がってませんよ」

「……そうですか」

「ははっ。御曹司のその顔を見られただけでよしとするか。じゃあ俺はこれで。萌、またな」

「あっ、康平くん。ありがとう」

　振り返らずに手を挙げて康平が出ていき、バタンと玄関の扉が閉まった。唐突に晴臣とふたりで向かい合うことになり、急に緊張感が増してくる。

「は、晴臣さん。すみません、実はまだ双子の準備が……」

「彼はよくこの家に来るの？」

「えっ？」

　すぐに家を出られないと謝罪しようとした萌と、晴臣の質問する声が被った。

「ごめんなさい、今なんて」

「いや、ごめん。会ってすぐにする話じゃなかった。ふたりの準備がまだなら、俺は表で待ってたらいいかな？　近くのパーキングに車を停めてあるんだ」

「車ですか？」

「うん。早めに来て借りておいた。ふたりを連れて出かけるなら、電車より車のほうが動きやすいだろう」

　まさか車まで用意してくれているとは思わず、萌は驚いて彼を見つめた。

「あ、もしかしてふたりは電車とかバスに乗りたかった？　それなら車は置いておけばいいからそうしよう」

「いえ、違います。新幹線でこっちまで来てくださった上に、わざわざ車まで準備してくれていると思わなかったので、ビックリして」

「秘書に聞いたんだ、小さい子を連れて出かける時は荷物が多くて大変だって。双子ならなおさらそうだろうし、車があるほうが便利だろうから一応ね」

　晴臣らしい優しい心遣いに胸が温かくなる。ふたりのことを考えて準備してくれた彼を表で待たせるなんて、とてもできない。

「ありがとうございます。あの、よかったら上がって待っててください。散らかってますけど」

「いいの？　じゃあお言葉に甘えて」

萌が晴臣を連れてリビングに戻ると、双子は突然の彼の登場にぽかんとしている。

「だぁれー？」

「この前会ったでしょう？　晴臣さんだよ」

「おみしゃん？」

陽太は興味津々で晴臣の足もとに来て彼を見上げているが、光莉は人見知りが発動し、萌の後ろに隠れている。

晴臣はそんな双子に目を細めながら、ゆっくりと膝を曲げて彼らに目線の高さを合わせた。

「こんにちは。今日は俺も一緒にお出かけしたいと思ってるんだ。いいかな？」

「どこいくの？」

「そうだな。車もあるし、少し遠出して『ふれあいパーク』に行くのはどうかな？」

ふれあいパークとは、うさぎやモルモット、ポニーといった動物と触れ合える施設と、小規模な水族館が併設されている大きな県立公園だ。

敷地内の芝生広場には観覧車や園内を走るパークトレインもあり、子供たちが飽きずに一日中遊べる工夫を凝らしているため、家族連れに人気の行楽地となっている。

ぴんと来ていないふたりに「動物さんのいる大きな公園だよ」と伝えると、陽太は「こーえん！」と大はしゃぎ。

光莉も公園遊びは好きだし、なによりうさぎが大好きだ。まだ動物園に連れていったことはないが、ショッピングモールへ行くたびにペットショップに寄りたいとせがみ、ガラス越しにうさぎをじっと眺めている。

「たくさん遊べるし、うさぎさんに餌《えさ》もあげられるよ？」

「うしゃぎしゃん？」

「うん。あとぺんぎんさんもいるの。晴臣さんがぶーぶーで連れていってくれるんだって。みんなで一緒に行こう？」

警戒心の強い光莉だが、うさぎの餌やりに心を惹かれたらしく、こくんと小さく頷く。それを見てホッとした萌以上に、隣の晴臣が安堵《あんど》の表情を浮かべていた。

そうして準備を終え、近くに停めていた車へと向かう。

トランクに双子用のベビーカーを積んでもらい、おむつや着替え、水筒の入ったリュックと、いつもよりも一時間早く起きて作ったお弁当もトートバッグに入れて持ってきた。

「よし、出発するよ。準備はいいかな？」

「あいっ！」

晴臣が借りてきた車の後部座席にはしっかり二台のチャイルドシートが取り付けられており、ふたりは嫌がる素振りもなく座ると、キャッキャと大人には聞き取れない言葉で会話をしながら窓の外を流れる景色を楽しんでいる。

「よかった、ご機嫌だ。でも、まだ俺にはなにを言ってるのか聞き取れないな」

「私も半分ぐらいはわからないです。でもふたりの間では通じてるみたいで」

「双子って感じ、いいね」

バックミラーでちらちら双子を見ながら運転する晴臣は、子煩悩な父親の顔をしている。

助手席からそんな彼の横顔を盗み見ながら、萌もまた四人で過ごす時間に胸を高鳴らせていた。


車を走らせること四十分ほど。市外にあるふれあいパークに着いた。

「わぁっ！　ママみて！」

「おっきー！」

これまで近所の小さな公園しか行ったことのない双子は、大きな観覧車や、抜けるような青空と緑溢れる広々とした芝生広場に大興奮。ふたり揃って弾けるような笑顔で駆けだしていく。

楽しそうに芝生を駆け回ったり、石畳の階段から飛んでみたり、初めての場所にもかかわらず臆《おく》せずに遊び始めたのを見て、いつの間にかずいぶん成長したのだと感じた。

そのまま『ふれあい広場』に移動し、早速うさぎやモルモットに餌をあげることにした。

「きゃー！　うしゃぎしゃん！　ママみて、ひかりのおひじゃ」

「うん、お膝に乗ってくれたね。優しくなでなでだよ」

「うんっ！」

うさぎを膝に乗せて嬉しそうにはしゃぐ光莉とは裏腹に、陽太はその場で立ち竦んでいる。

「ママ、なんでうしゃしゃん、よーたにこない？」

「まずは座らないと、うさぎさんは来ないいんじゃないかな？」

「よーた、しゅわる」

大人しくベンチに座り、うさぎを膝の上に乗せて撫でる光莉と陽太の愛らしさに、つい頬が緩む。どうやらそれは晴臣も同じだったらしい。

「萌、彼らの写真を撮っても？」

「もちろんです」

スマホを取り出して何枚も写真を撮る晴臣は、まさに父親そのものだ。

「ママ！　よーたにも、うしゃしゃん！」

「うん、優しくね。大きな声もビックリしちゃうよ」

「おみしゃん、うしゃしゃん、ぴーすかちゃ？」

「ぴ、ぴーすかちゃ？」

陽太の質問に、晴臣は首をかしげた。

「あ、うさぎさんの写真を撮ってる？って聞いてるんだと思います。ピース、カチャって写真の擬音というか」

「なるほど。うさぎさんも、陽太と光莉もピースカチャしてるよ」

「やったー」

自分と同じ言葉を使って質問に答える晴臣に、陽太が満足げに笑っている。何気ない家族のやりとりが、萌にはとても新鮮に映った。

本来なら、彼には双子が生まれた瞬間から写真を撮る権利があったのだ。それを奪ったのは、彼になにも告げずに無断で産んだ萌に他ならない。

「楽しそうでよかった」

「ありがとうございます。車もないし、私ひとりじゃ連れてきてあげられませんでしたから」

無邪気な様子を微笑ましく感じる一方で、やはりわずかな罪悪感が首をもたげてくる。

ひとりで生んで育てていくと決めたけれど、双子を連れて近所のスーパーに行くだけでも大変で、遠出や旅行などはとてもできなかった。

休日に近所の公園に連れていくだけで精いっぱい。それだけでも朝から昼過ぎまで一緒に遊ぶとくたくたになってしまって、夕方は家の中でふたりで遊んでもらうことが多い。

平日は仕事なため朝から保育園に預けっぱなしだし、金銭的に余裕があるわけでもない。

足りていない部分に目を向けてしまうと、あとからあとから湧いて出てくるネガティブな感情にのみ込まれてしまいそうだ。

ふたりにたくさん我慢をさせている自分の子育てに、急に自信がなくなっていく。

「改めて考えてみると、あまりいいママじゃありませんね」

つい愚痴のような発言を零してしまったが、晴臣がじっと見つめているのに気づき、慌てて口を覆った。そんな卑屈なことを言われても、彼だって困るだろう。

「すみません。聞かなかったことにしてください」

視線を双子に向けたまま小さく頭を下げると、晴臣は大きな手をそっと萌の背中に添えた。

「ふたりがこんなに楽しそうなのは、きっと君と一緒だからだ。萌が日頃からふたりを大切に育てているからこそ、事あるごとにママを呼ぶんだ。嬉しかったり楽しかったりする感情を共有したいから」

双子に向けていたスマホを下ろし、晴臣は萌に柔らかい笑顔を向けた。

「いいママじゃないなんてあり得ない。それはあの子たちを見れば一目瞭然《いちもくりょうぜん》だ」

「晴臣さん……」

「ほら。俺たちも楽しもう」

晴臣は萌の不安をあっという間にすくい上げ、再び視線を双子に向ける。萌もまたうさぎに夢中になっているふたりに視線を戻したが、意識だけは晴臣に囚われたままだった。

「光莉、陽太。そろそろお昼ご飯にしようか」

「あむー！」

「あむーしゅるー！」

ふれあい広場でうさぎやモルモットと戯れ、ポニーの背中に乗り、園内をぐるりと一周できるパークトレインを乗り終えた頃には、時計の針はすでに十二時半を回っていた。

芝生広場に移動して持ってきたレジャーシートを敷き、大きなトートバッグからお弁当を取り出した。

双子用にひと口サイズのおにぎりをラップに包んだものと、ほうれん草入りの卵焼き、ハンバーグ、かぼちゃコロッケなど、手づかみで食べられる小さいサイズのおかず数種類を、ケンカしないようそれぞれのお弁当箱に詰めてある。

普段はスプーンやフォークを使用して上手に食べられるように練習しているが、公園ではひとりでもパクパク食べられるように工夫している。

お手拭きでしっかりと手を拭くと、「いたらきましゅ」と早速嬉しそうに食べ始めた。

「ハンバーグ、おいちー！」

「おいしいね。落とさないように気をつけて食べてね」

口の端にケチャップをつけた陽太に相槌《あいづち》を打つと、反対側から光莉が「ママみてー」と呼ぶ。

「ひかり、おやしゃいたべた」

「うん、えらいね。次はなににする？」

ふたりの様子を眺めていた晴臣にもお手拭きとおかずの入った大きなお弁当箱を渡すと、彼は驚きと嬉しさを隠さない表情で萌を見た。

「俺も食べていいの？」

「もちろんです。あ、でも子供向けの味付けなので、晴臣さんには物足りないかも」

「俺が子供舌なの知ってるだろ？　久しぶりに萌の手料理が食べられて嬉しい」

いただきますと手を合わせ、双子に負けない勢いで食べ始める。

（そうだった。いつもハンバーグとか唐揚げとか、お子様ランチのメニューみたいなリクエストをしてたっけ）

彼の外見と好物のギャップを思い出し、ついクスッと笑みが零れる。

「うん、やっぱりおいしい。だし巻きにほうれん草を入れてるんだな。こっちのハンバーグも？」

「ほうれん草はお浸しにすると噛んで飲み込むのが難しいみたいで、これなら食べてくれるんです。特に陽太が野菜の好き嫌いが多くて」

萌はおいしそうにハンバーグを食べている陽太に聞こえないように「ハンバーグには陽太の嫌いなピーマンをみじん切りにして入れてるんです」と笑った。

「そうか。萌の努力があって、ふたりはちゃんと野菜を食べられるんだな」

「おみしゃん、たまご、おいしー?」

陽太は同意を求めるように、自分と同じおかずを食べている晴臣の顔を覗き込む。

「うん、おいしい。ママはお料理が上手だね」

「じょーじゅねぇ」

「陽太はどれが一番好き?」

「ハンバーグとコロッケ!」

陽太はすっかり晴臣に慣れたようで、笑顔で会話をしながら和やかにお弁当を食べている。お弁当箱に残っている半分にカットしたプチトマトを晴臣に食べさせてほしいと、口を「あーん」と開けて甘えるなど、この半日でずいぶん懐いたようだ。

一方、光莉はまだ警戒心が解けていないようで、午前中はずっと萌にべったりくっついていた。

「光莉は？　ママのご飯、どれが一番好き？」

「……じぇんぶ」

「うん、全部おいしいね。光莉は野菜から食べたのか、偉いな」

晴臣の言葉に反応はするものの、視線は合わせないままで声も小さい。

「すみません。光莉は人見知りで……」

なんだか申し訳なくて謝ると、晴臣は首を横に振った。

「謝ることじゃないよ。それに、出会ったばかりの頃の萌を思い出して微笑ましくなった」

「え？」

「萌も俺の家に来たばかりの頃は、こんな感じで警戒してただろ？」

「そう……でしたか？」

初対面の時の話を引き合いに出され、恥ずかしさに身を竦める。

あの頃は晴臣のような美貌の持ち主の男性と話すのすら緊張して、きっと挙動不審だった。もちろん今でもドキドキするけれど、彼と一緒に過ごす時間の心地よさを知っているため、警戒心は微塵もない。

「顔を合わせたのは今日が二度目なんだ。まだ慣れなくて当然だよ」

「晴臣さん」

こうした彼の心の広さや寛容さに、萌は何度も救われてきた。晴臣はすぐに打ち解けられない光莉に呆れることなく、穏やかに微笑みを向ける。

「陽太も、光莉も。俺はこれからも君たちと一緒に遊んだり、こうやって出かけたりしたいんだ。少しずつでいい、仲良くしてくれるかな？」

晴臣が萌と双子に許可を求めるように尋ねると、真っ先に手を挙げたのは陽太だった。

「いーよ！　よーた、おみしゃん、なかよし」

「ありがとう」

「ぶろっこり、あげりゅ」

「ブロッコリーは陽太が食べような」

「えぇー」

楽しそうなふたりのやりとりを尻目に、光莉は萌にぎゅっと抱きついて無言のまま。

「光莉？」

行きの車の中や、ふれあい広場でうさぎに餌をあげていた時には楽しそうにはしゃいでいたが、こうして晴臣が話しかけると萌にぴたっとくっついて離れない。

もともと人見知りは陽太よりも光莉のほうが激しく、保育園でもずっと泣いていたと先生からの報告を聞くのは彼女のほうが多かった。

無理強いはしたくなくて、萌は〝大丈夫〟と伝わるように光莉をそっと抱きしめた。

「ママ？」

「うん、なぁに？」

「……ちゅぎ、いく？」

「次？」

「ぺんぎんしゃんいるって、いってた」

出発前の萌の言葉を覚えていたようで、早くぺんぎんを見たいらしい。

「そうだな。お弁当を食べたら、次はぺんぎんさんとお魚さんを見に行こうか」

晴臣が萌にくっついている光莉に言葉をかけると、彼女は恥ずかしそうに微笑んで頷いた。

（よかった。怖がってるわけじゃなくて、緊張してるだけかな）

「しゃめしゃんは？　いりゅ？」

「しゃめしゃん？」

陽太の舌っ足らずな言葉に首をかしげて困っている晴臣に、萌がフォローを入れる。

「鮫《さめ》さんはどうだろうね？」

「あぁ、鮫さんか。探してみようか」

「うんっ」

そうしてお弁当を食べ終えると、いったん車に戻ってお弁当箱の入ったバッグを置き、ベビーカーを持ってパーク内にある水族館へと向かった。

双子の生活リズムは毎日規則的で、十四時を過ぎると眠くなって歩いてくれなくなる。

案の定、ぺんぎんを見てはしゃいだり、本物の鮫が怖くて大泣きしたりしていると、満腹感も手伝って眠くなってきたようだ。

「ママ、ねんねぇ……」

「よーたもぉ」

どうやら今日は同時に睡魔がやってきたらしい。ベビーカーの右側に光莉、左側に陽太を乗せて五分ほど薄暗い館内を歩いていると、ふたりともあっという間に眠りに落ちた。

「すごいな、同じ向きで寝てる」

「双子あるあるですね。たまに寝返りも同じタイミングでしますよ」

少し歩く速度を落としてベビーカーを押す晴臣は幸せそうな顔でふたりの寝顔を見つめていて、双子を大切に思う温かい眼差しは慈愛に満ち溢れている。

この光景を何度も夢に見た。

もしもあの時違った選択をしていれば、こうして四人で出かけるのが日常だったかもしれない。

本来なら何度も経験できたはずの数ある〝双子あるある〟を、彼は知らない。それを知る機会を奪ったのは、萌が自ら下した決断だ。

そして双子から父親を奪ったのもまた、彼らの母親である萌なのだ。

だからここで泣くのは筋違い。切なくて、苦しくて、けれど今こうしているのが信じられないほど幸せで、感情がぐちゃぐちゃになって涙が込み上げてくるけれど、自分には泣く資格などない。

必死に唇を噛みしめて、晴臣に気づかれないように隣を歩く。

すると、彼は小さな声でぽつりと呟いた。

「双子用のベビーカーは重いし、ふたりぶんの荷物もこんなにたくさんあって大変なのに、これをずっとひとりで頑張ってたんだな」

彼が歩みを止める。萌もつられるようにその場で立ち止まった。

「きっと大変なのは今だけじゃない。妊娠中のお腹の大きな萌を支えたかったし、生まれたての光莉と陽太の世話を一緒にしたかった」

「ごめんなさい、私……晴臣さんの父親としての権利を奪ってしまって――」

「違うよ、責めてるわけじゃない。むしろ俺が君の本心に気づかなかったせいで、今の現状を招いているんだ。萌はなにも悪くない」

萌が自分を責めそうになるのを早口で遮ると、晴臣はそっと片手を伸ばして萌の目もとに触れた。

「今日一日君たちと一緒に過ごして、より家族になりたいという思いが強くなった。これからはずっと俺がそばにいる。だから、泣いてもいいんだ」

「晴臣さん……」

隣の晴臣を見上げると、彼もまた泣くのを我慢しているような眼差しを萌に向けている。

「たくさん頑張ってくれてありがとう。これからは、君の宝物を俺にも一緒に守らせてほしい」

目もとや頬に触れていた手で肩をぐいっと引き寄せられ、彼の胸に抱きしめられる。三年前と変わらぬ温かさに、ついに萌の涙腺は崩壊した。ぽろぽろといくつもの涙が頬を伝い、晴臣の肩口を濡《ぬ》らしていく。

「萌の気持ちが追いつくのを待つと言ったのに、ごめん。でも君が泣きたい時に、一番近くにいられる存在になりたいんだ。俺と結婚しよう。今度こそ必ず幸せにしてみせる」

今度こそ、と彼は言うが、三年前だって幸せだった。

初めて恋した人と想いを通じ合わせ、女性としてこれ以上ないほど大切にされる日々は、時々怖くなるほど幸福感に満ち溢れていた。

晴臣と一緒にいられるのならば、間違いなく萌は幸せでいられる。

今日の彼の様子を見ていれば、萌だけでなく双子も大切にしてくれるに違いない。

陽太は今日ですっかり晴臣を気に入っていたし、光莉も人見知りで緊張はしていたけれど、会う回数を重ねていけば保育園の生活のようにいつか慣れていくはずだ。

双子にパパがいる日常を与えてあげたいという気持ちもある。

だから改めてプロポーズの言葉をくれた晴臣に頷いてしまいたいけれど、やはり気になるのは叔父一家の存在だ。

もしも萌が彼と結婚したと知れば、再びなにかよからぬことを言いださないだろうか。

不正を告発したものの、重加算税が科されただけで逮捕には至らなかった。

守銭奴な健二と厚顔無恥《こうがんむち》な翔子のことだ。萌が晴臣と結婚したのだと叔父たちの耳に入れば、再びあれこれ理由をつけて繋がりを持とうと画策してくるに違いない。倒産寸前ならば、なおさらだ。

なにより歩み寄っていい夫婦になろうと心を砕いてくれた晴臣に対し、萌は相談もなしに身勝手に逃げ、結局桐生家に迷惑をかけた。いくら見合いの席で優しそうな印象を受けた晴臣の両親だろうと、そんな自分勝手な萌を快く受け入れてくれるはずがない。

その上、なにも告げず彼の子供を生んでいたと知られれば、どう思われるのか不安で仕方がない。

本心では嬉しいのに、どうしても素直に頷けない。この数年で強くなったと自負していたのに、途端に臆病な自分が顔を出す。

すると、晴臣の優しい声が頭上から落ちてきた。

「俺はそんなに頼りないかな」

「……え？」

「萌が考える〝迷惑〟なんて、君を失う苦しみに比べればなんでもない。たとえあの一家がなにをしてこようと、俺も会社も少しも揺るがないよ」

萌の考えなどお見通しだと言わんばかりのセリフに顔を上げると、吸い寄せられるように彼の瞳を見つめた。その眼差しには一点の曇りもない。

「秋月社長がなにを言ってきても無視を決め込めばいいし、彼らが逆恨みして萌や子供たちに手を出そうとするのなら、俺が全力で守るよ。もちろん手は打ってある。それに俺の両親には、萌と再会したこと、君が結婚直前で姿を消した理由、双子の存在、すべて話した上で今必死に口説いている最中だと伝えてある」

「え……っ？」

「勝手なことをしてごめん。でもどうしても俺が本気だと知ってほしかったんだ」

萌が絶句していると、彼は勝手に双子の存在を明かしたことを謝りつつ、晴臣の両親は萌との結婚を心待ちにしているのだと語った。

「なにも心配はいらない。だから、萌の気持ちを聞かせてほしい」

萌と家族になりたいと訴える晴臣の熱情が、萌の不安を溶かしていく。

「……三年前からずっと、私は晴臣さんだけが好きです」

無意識に、勝手に口が動いた。どう話そうとか、ちゃんと伝えようとか、そう思う間もなく気持ちが溢れ出た。

「迷惑をかけるくらいなら自分から離れようって、ひとりで勝手に決めて。それなのに晴臣さんが別の女性と結婚しているかもって考えるだけで、苦しくて息ができなかった……。自分で決めたのに、どうしてもあなたを忘れられなかったんです」

一生、心に秘めておかなくてはならないはずだった。しかし奇跡のような再会を果たし、彼もまた、まだ萌を想ってくれているのだと知った。

すべてを受け止めた上で萌を求めてくれているのならば、晴臣を信じてついていきたい。

「私も、あなたと家族になりたい」

ようやく本音を打ち明けた萌を、晴臣がもう一度抱き寄せる。

「ありがとう。俺も、ずっと萌だけが好きだ。光莉と陽太にも、受け入れてもらえるように頑張るから」

「はい……」

「俺にあの日の約束を果たさせてほしい。毎年、一番近くで君の誕生日を祝いたい」

晴臣は萌の左手を取り、永遠を誓うように薬指に唇を寄せた。

「愛してる」

「私も、晴臣さんを愛しています」

彼の顔がゆっくりと近づき、口づけの予感に心臓がうるさいほど高鳴る。

そっとまぶたを伏せた瞬間、陽太の「んんー」という唸《うな》り声が聞こえ、反射でぱっと晴臣から離れた。

どうやらベビーカーの中で寝返りをうっただけらしい。親指をくわえてそのまま眠ったが、今のでようやくここが水族館の中だと思い出した。

慌てて周囲を見渡したが、出口付近のためあまり人はおらず、暗がりなので誰にも見咎められてはいなさそうだ。

萌がホッと胸を撫で下ろすと、隣で晴臣がおかしそうに笑った。

「残念。誓いのキスはお預けだな」

「は……晴臣さんっ」

「萌から初めて『好き』と言葉にしてもらって浮かれてるんだ。このくらいは許して」

そう言うと、唇ではなく頬にキスを贈られた。たったそれだけの触れ合いも、三年ぶりとなれば恥ずかしくてたまらない。

「う、嬉しいですけど、外ではダメです。ドキドキしすぎて歩けなくなっちゃいますから」

顔を真っ赤に染めて頬を押さえ、潤んだ瞳で恨めしげに晴臣を見上げる。すると彼は「そうだった……いつもこうやって返り討ちにあってたんだった」と目もとを押さえて天を仰いでいる。

なんだかむずがゆい空気が流れ困惑していると、晴臣が「行こうか」とベビーカーを押し始めた。

「ふたりはあとどのくらいで起きるかな」

「一時間くらいだと思います。だいたいおやつの時間に目が覚めるので」

「じゃあ、それまでは恋人同士のデートを楽しもうか」

甘い声音と眼差しで誘われ、萌ははにかみながらもようやく彼に笑顔を向けて頷いた。

8．ずっと一緒に

ふれあいパークへ出かけた日以降、晴臣は毎日連絡をくれる。

時間が合えば電話で話し、タイミングが合わない場合も必ず朝と晩にメッセージが送られてくる。双子の様子を聞いたり、体調を崩していないか気にかけたり、たわいないやりとりだ。

仕事で忙しいにもかかわらず自分たちに時間を割いてくれるのは、彼こそ体調を崩さないか心配になるけれど、やはり嬉しい。

三年前は一緒に暮らしていたため、あまり電話やメッセージのやりとりを頻繁にしていたわけではない。なんだか新鮮な気分だった。

陽太は晴臣から電話が来ると『よーた、もしもししゅる！』と張り切って電話口に出たがる。興奮でほとんどなにを言っているのかわからない陽太の話にも晴臣は時折相槌を入れながら聞いてくれるため、晴臣への好感度は上がる一方だ。

なかなかスマホを離そうとしない陽太を宥めて電話を代わってもらい、近況を報告し合う。

そして最後には必ず『萌、愛してるよ』とチョコレートよりも甘い言葉を贈られ、毎回嬉しさと恥ずかしさで頬が真っ赤に染まるのだった。

会えないぶん、以前にも増して飾らないストレートな言葉で萌を翻弄する晴臣に、萌は電話越しにもかかわらずドキドキしっぱなし。彼は容姿だけでなく声も抜群にいいため、耳もとで響く甘い声音に全身がとろけそうな気がした。

そんな電話のやりとりの中で、これまでの名古屋での生活についても話をした。東京を離れた萌が生活できているのも、双子を無事に育ててこられたのも、田辺夫妻がとても親身になって助けてくれたからだと。

すると、彼は萌がプロポーズに頷いて二週間も経たないうちに田辺家へ挨拶に行く段取りをつけた。

『俺が萌と再会できたのも、双子に会えたのも、彼らのおかげなんだな。だったらきちんと挨拶に行きたい。萌の夫として、ふたりの父親として、これまでの経緯をきちんと説明して、改めて感謝を伝えたい』

そう話す彼の考えに異存はなく、自分からも改めて感謝を伝えようと、萌は晴臣と双子とともに田辺の自宅へやってきた。

四月下旬。ゴールデンウィークの初日の今日は、雲ひとつない晴天で行楽日和だ。

気温も二十度を超え、初夏の陽気に世間の人々が浮き立つ中、晴臣はカッチリしたスーツ姿。夫妻はいつものように穏やかに出迎えてくれたが、なんだか妙に緊張する。

晴臣と萌の向かいには田辺と理恵が座っており、光莉と陽太は隣のリビングで遊んでいる。頻繁に訪れるため、ふたりにとっては自宅と同じくらいに慣れた環境だ。

「改めて、萌と子供たちを守ってくださり、ありがとうございました」

晴臣が和室の応接間で手をつき、深々と頭を下げた。

「彼女がどれだけ大変な思いをしたか、そしてどれだけ田辺社長や奥様が彼女を支えてくださったか、いろいろな話を伺いました」

そして晴臣の口から、改めて当時の話が語られた。

双方の父が旧友だったのを理由にお見合いの席で出会ったこと、当初は恋愛感情ではなく互いのメリットのために結婚をしようとしていたことまで、晴臣は包み隠さずに話した。

叔父一家からの不当な扱いについては萌から伝えていなかったため、その部分に話が及ぶと田辺は顔をしかめて聞いている。

「萌ちゃんが、社長一家からそんな扱いを……」

「打算で女性に結婚を申し込むなど非常識だと理解しています。でも見合いの席での秋月家の歪さを見て、この方法なら彼らから救えると思ったんです。そして一緒に過ごすうちに、いつしか私は彼女に想いを寄せるようになりました。萌を愛しているからこそ、結婚したいと望んだのです」

ちらりと隣を盗み見る。萌への想いを口にする晴臣の横顔は胸が熱くなるほど真剣で、息をのむほど美しい。

自分たちの経緯の説明を聞くのは少し恥ずかしいけれど、お世話になったからこそきちんと説明すべきだと思って話しているのがわかるため、すぐに視線を逸らして目を伏せた。その様子を理恵がニコニコしながら見守っているのが、なおさら照れくさい。

しかし会社の不正に気づいた萌が告発を決意し、晴臣に迷惑をかけまいとひとり東京を離れたのだと彼が続けると、理恵はハンカチで涙を押さえながら「本当に大変だったのね」と萌の気持ちに寄り添い労ってくれた。

「そのあとのことは、おふたりが知っての通りです。私がふがいないせいで彼女にはとても大変な思いをさせてしまいましたが、田辺社長や奥様のおかげで、ここまで光莉と陽太を育てられたと聞いています。本当にありがとうございました」

晴臣が感謝を述べる横で、萌も一緒に頭を下げた。その胸元には再び四つ葉のネックレスが輝いている。

「十年ぶりに会った私を受け入れてくださって、本当に感謝しています。私ひとりだったら、とてもあの子たちを育てられませんでした」

双子の妊娠が発覚し、相手の男性に連絡を取ったほうがいいのではと助言をくれたにもかかわらず、萌は頑なにそうしなかった。それでも彼らは萌を責めず、相手を詮索することもなく、ただ親身になって助けてくれた。両親を亡くした萌にとって、田辺と理恵が第二の親のような存在だ。

「ふたりとも、頭を上げて」

「そうよ、そんなにかしこまらなくていいんだから」

田辺は穏やかにそう言うと「秋月には本当に世話になったんだよ」と昔を懐かしむように目を細めた。

大学を卒業後、一度は大手の製鉄会社に就職した田辺は、あまりのブラック企業ぶりに体調を崩して退職した。その後、なかなか転職先が見つからず焦っているところに声をかけてきたのが、萌の父だったらしい。

「『ものづくりの根幹を支える会社を一緒につくらないか』って誘われたんだ。熱い男で、仕事にいっさいの妥協がない。一緒に開発したねじの特許を取って、会社をどんどん大きくしていった。仕事が楽しいと感じたのは、あの時が初めてだったよ」

田辺から語られる父や会社の話は、まさに萌の記憶にある秋月工業そのものだ。

「秋月と奥さんが亡くなったあと数年は今の社長の元で働いたけど、あの人は金儲けしか考えていなかった。古株の俺たちの進言もことごとく無視されて、結局耐えきれずに出てきたのを、秋月に申し訳ないと思ってたんだ」

「そんなこと……」

「だから彼がなによりも大切にしていた萌ちゃんのことは、ずっと気がかりだった。大変だったのに気づいてあげられなくて申し訳ない。僕を頼ってくれて本当によかったよ」

田辺の横で、理恵も大きく頷いている。

「ありがとうございます。たくさん助けていただいて、本当にどうやってお礼をしたらいいのか」

「やぁね。いつも言ってるでしょう？　私たちは萌ちゃんやあの子たちと過ごすのが楽しいのよ。本当の娘みたいに思っているんだから」

いつものようにカラッとした笑顔の理恵が、「それで？」と話の続きを促してきた。

「ふたり揃って挨拶に来たってことは、そういうことなのかしら？　主人から萌ちゃんを追いかけてきたイケメン副社長の話を聞いて、ずっと気になってたのよ」

まるで続きの気になるドラマを見ているかのようなワクワクした表情に、緊張していた萌の身体から少し力が抜ける。

「えっと、いずれは彼と……家族になれたらなって」

「まぁまぁ！　いいじゃない！　よかったわね、萌ちゃん」

「ありがとうございます」

手をたたいて喜んでくれる理恵にも、妻の大きなリアクションに苦笑しながらも頷いてくれる田辺にも、何度感謝してもしきれない。

結婚を祝福してもらえるのがこんなに照れくさくて、泣きたくなるほど嬉しいなんて初めて知った。

「でも寂しくなるわね。いつ頃東京へ行く予定なの？　もうふたりには話した？」

リビングにいる双子は、ふたりで積み木のおもちゃで遊んでいる。ちらりとそちらに視線を向け、萌は首を横に振った。

「いえ。まだ子供たちにはなにも話していないんです。それに社長と理恵さんにはとてもお世話になったのに、なんの恩返しもできないままここを離れるなんて」

「私たちのことは気にしなくていいのよ。ねぇ、あなた」

「あぁ。実は近々大規模な求人募集を出す手配をしてあるんだ。人を増やす余裕も出てきたし、どこかの熱い副社長さんが厄介な案件を持ちかけてきてね。今の人数じゃとても対処しきれないんだ」

茶目《ちゃめ》っ気《け》たっぷりに田辺が微笑んだ。

これには萌だけでなく、晴臣も目を見開いて田辺の顔を見つめている。

「その彼はうちの可愛くて優秀な経理に惚れてるなってひと目でわかったからね。遅かれ早かれこうなるかもしれないと予想していたんだ」

「社長……」

萌は口元を手で覆った。田辺の温かさに、目頭がじわりと熱くなる。

「技術者だけじゃなく事務職も何人か募集をするから、竹内さんだけに皺寄せがいくこともない。仕事についてはなにも心配はいらないよ」

萌の考えなどお見通しだとでも言うように、田辺は大丈夫だと大きく頷いた。

萌が働く田辺ネジは名古屋にあるため、都内に生活拠点を置く晴臣と一緒に暮らそうと思うと仕事は続けられない。しかし散々世話になったのだ、結婚が決まったからといってすぐに辞めるなんて恩知らずな真似はしたくなかった。

職場に迷惑をかけず、双子にとって一番いい方法を考えたい。そう萌が晴臣に伝えると、『もちろん。どうするのが一番いいか、一緒に考えよう』と彼も言ってくれていたのだ。それなのに、まさか田辺が萌と晴臣の様子から事情を察し、先手を打っているなど想像もしなかった。

「僕らにとって萌ちゃんは本当に娘みたいな存在だし、光莉ちゃんと陽太くんは孫のように思ってるんだ」

田辺は萌に向けていた穏やかな表情から、真剣な眼差しを晴臣に向ける。

「優しくて、頑張り屋で、甘えるのが苦手な子だ。大切にしてあげてほしい」

「はい。必ず。私の一生をかけて、三人を幸せにすると誓います」

娘を思う父親のような眼差しを正面から受け止め、晴臣が大きく頷いた。

「萌ちゃん」

「……はい」

「今の僕の言葉は、きっと秋月が言いたかった言葉だと思う。君が幸せになること。それが僕らにとっても、君のご両親にとっても、恩返しになるんだよ」

田辺は目尻に深い皺を刻み、慈愛に満ちた表情で萌の両親の気持ちを代弁する。穏やかだけれど眼差しは力強く、必ず幸せになりなさいという温かくて優しい命令だ。

「社長……ありがとうございます」

溢れる涙をこらえきれず、萌は深々と頭を下げた。膝の上でグッと組んだ手に、ぽたぽたと大粒の涙が落ちる。

失意のどん底でこの場所にたどり着き、田辺たちの優しさにどれだけ救われただろう。

幸せになることが恩返し。もし本当にそうなのだとしたら、これからたくさんの恩返しができるはずだ。

愛する人に愛され、彼との間に生まれた宝物を慈しみ、ずっとそばで生きていく。これ以上ない幸せの予感に、震えるほどの喜びを感じた。

「私、社長や理恵さんによくしていただいて、今までも幸せでした。でも、もっともっと幸せになります。必ず」

顔を上げ、溢れる涙もそのままに宣言すると、膝の上で握りしめていた萌の手に晴臣の大きくて温かい手が重ねられた。

彼とともにつくる家庭は、この手のようなぬくもりに溢れているに違いない。そう思えた。

田辺に挨拶を済ませた晴臣と萌は、そのまま双子とともに東京にある晴臣の自宅へと向かった。結婚に向けての準備として、連休中に三人で彼の部屋に泊まってみようと計画していたのだ。

陽太は晴臣に懐いていたものの、光莉は人見知りも場所見知りも強い。突然環境が変われば、きっと大きなストレスがかかってしまうだろう。慣れるための練習と行楽を兼ねて三泊する予定だ。

双子は新幹線に乗るのは初めてで、陽太はホームでは終始大騒ぎ。新幹線が到着するたびに歓声をあげ、出発時にはブンブンと手を振って見送った。

車内は退屈だったのか途中で眠ってしまったため、彼らが目を覚ましたのはちょうど晴臣のマンションに到着した時だった。

「ママ？　ここ、どこ？」

「晴臣さんのおうちだよ」

「おみしゃんのおうち？」

目を擦りながら起きた光莉と陽太に尋ねられ、萌は懐かしさに胸を高鳴らせながら答える。

三年ぶりに訪れた晴臣の部屋は、一部を除いて驚くほど以前と変わっていなかった。

まさか自分に与えられていた部屋がそのまま残っているとは思わず、離れていた三年間も萌を諦めていなかったという彼の言葉が脳裏に蘇る。

しかし、変化している部分もある。

ダイニングテーブルには二脚のキッズチェアが用意されており、キッチンにはゲートが設置されている。さらにリビングの一角にはジャングルジムとすべり台が一体となった室内遊具も置かれていた。

きっといろいろと調べて用意してくれたのだろう。細やかな気配りのできる晴臣らしい優しさだと嬉しくなる。

「わぁ！　しゅー、ありゅ！」

すべり台を見て一気に覚醒した陽太とは対象的に、光莉は萌にぴったりとくっついたまま警戒を解いていない。

「すべってもいいよ」

「やったぁ！」

許可が出た瞬間、陽太はジャングルジムによじ登り始めた。まだおぼつかないため、転落しないようにスーツのジャケットを脱いだ晴臣がそばで見守ってくれている。

「光莉もすべってみる？」

彼に尋ねられたが、光莉は小さく首を横に振った。

新幹線のホームでも車中でも陽太は楽しそうにしていたが、光莉はいつもよりも大人しい気がする。念のために熱も測ったが平熱で、体調が悪いわけではなさそうだった。

陽太に比べて人見知りも場所見知りも激しい光莉だが、いつも陽太が一緒ならばすぐに慣れてしまうのに、晴臣にはいっさい懐かない。

ふれあいパークでの帰りの車でようやく慣れてきたかなと思ったものの、今日はまた初対面のような雰囲気に戻っている。それどころか、警戒心がさらに強まっているようにも感じられた。

さすがの晴臣もこれ以上どう接したらいいのかわからないようで、少し寂しげに苦笑している。

いつか双子に晴臣が父親だと説明しなくてはならないし、彼らに慣れて受け入れてほしいという思いはある。

だからといって無理強いするつもりは微塵もない。この連休のお泊まりについても、万が一双子が家に帰りたいと言いだしたら帰ろうと晴臣と話し合って決めていた。

萌は安心させるようにそっと光莉を抱きしめると、背中をトントンと軽くたたきながら尋ねた。

「ねぇ光莉。ここ嫌だ？」

「ううん。やじゃない」

光莉は萌の胸元で俯いたまま、ふるふると首を横に振る。その表情に我慢しているような様子は見られない。

「本当?」

「うん」

「じゃあ、晴臣さんと一緒だと緊張しちゃうかな?」

普段双子が関わる大人は、萌や保育園の先生など圧倒的に女性が多い。幼い頃から面倒を見てくれている田辺や康平が例外なだけで、もしかしたら背が大きくて声の低い男性が怖くて緊張しているのかもしれない。

そう思ったが、その問いかけにも光莉は首を振る。

「あのね」

「ん?」

「……おみしゃん、パパ?」

泣きそうなほど小さな声で問いかけられ、萌は驚きに息をのんだ。

「え?」

「ママ、おみしゃん、パパ?」

繰り返される質問が聞こえたらしく、すべり台で遊ぶ陽太を支えていた晴臣も目を見開いてこちらを凝視している。

光莉は陽太よりも言葉を話すのが早く、理解力もある。もしかしたら今日の田辺家での大人の会話が聞こえていて、幼いなりになにかを感じ取っているのかもしれない。

「……晴臣さんがパパだったら、嫌だ？」

必死で冷静さを装っているが、ドクン、ドクン、と心臓が大きく暴れるように脈打っている。それはきっと、少し離れた場所で見守っている晴臣も同じ心境だろう。

辛抱強く光莉の言葉を待っていると、彼女は大粒の涙をぽろりと零した。

「だって……」

「うん？」

「パパ、うみのあっち、いく？　バイバイ、なりゅ？」

つたない光莉の言葉だが、萌には彼女の考えがすべて理解できた。

萌は父親について『パパは海の向こうで車を作っているから会えない』と説明していた。

もし晴臣がパパなら、また海の向こうに行ってしまうかもしれない。光莉はそう考えて、晴臣と仲良くなるのをためらっているのだ。

「ひかり、おみしゃん、すき。バイバイ、やだ。パパ、やだぁ……っ」

「光莉……」

彼女の言葉と涙に、萌は目頭が熱くなった。

光莉と陽太は二歳になったばかりで、大きくなったとはいえ萌にとってはまだまだ赤ちゃんのような印象が強い。けれど、そうではないのだ。

もう彼らは自分の足で歩き、言葉を話し、理解力もある。自我も意志もあるひとりの人間だ。まだ幼いからといって、父親の存在についての説明を先延ばしにしていてはいけない。

萌が自分の認識の甘さを恥じていると、陽太を抱っこした晴臣が隣に腰を下ろした。話すタイミングは今だ。萌と晴臣は視線を交わし、大きく頷き合う。そして光莉と陽太に向き直り、彼らの手をしっかりと握った。

泣いている場合ではない。自分には母親としてしっかり説明する義務がある。

「ねぇふたりとも。ママと晴臣さんから大事なお話があるの」

「おはなし？」

泣いていた光莉と、きょとんとした様子の陽太の声が重なった。

「光莉と陽太のパパは、海の向こうでかっこいい車を作ってるってお話ししたでしょう？」

「うん」

「晴臣さんがね、ふたりのパパなの」

震えそうになる声でそう告げると、双子の視線が晴臣に移る。

幼いふたりの眼差しを受け止め、晴臣はゆっくりとふたりに説明した。

「光莉、陽太、ずっと会いに来られなくてごめん。海の向こうにいたけど、ふたりのそばに帰ってきたんだ」

「……おみしゃん、パパ？」

光莉が先ほどと同じ質問を晴臣にする。しかし、その声に悲しみの色はない。

「うん、そうだよ」

「またうみのあっち、いく？」

「ううん。もう行かないよ。ずっと光莉と陽太とママのそばにいる。いつかこのおうちで、四人で一緒に暮らしたいって思ってるんだ」

じっと晴臣を見つめる光莉の瞳は真剣そのもので、彼女なりに必死に理解しようとしているのがありありとわかる。

「ママと、ひかりと、よーたと、……パパ？」

「うん」

「ずっと、いっしょ？」

「うん。ずっと一緒だよ」

優しい眼差しで微笑んだ晴臣の瞳に、きらりと光るものが見えた気がした。彼が涙ぐんでいるのか、自分の目に浮かぶ涙のせいでそう見えたのか、萌にはわからない。けれどこの幸せな瞬間を見逃したくなくて、萌はまばたきも忘れて目の前の光景にじっと見入っていた。

「パパ！　ずっと、いっしょ！」

光莉は彼女なりに理解したらしく、初めて晴臣に満面の笑みを向けて抱きついた。

「光莉、ありがとう。これからはずっと一緒だ」

胸に飛び込んできた小さな身体を、晴臣がぎゅっと抱きしめる。

陽太が晴臣と仲良くなっていくのを見て、きっと光莉もこうしたかったに違いない。それでも躊躇していたのは、いつかパパが海の向こうへ行ってしまうかもしれないという不安があったから。

ようやく思いっきり甘えられた光莉は、晴臣のワイシャツが皺になるほどぎゅっとしがみついている。

「あー、よーたも！　おみしゃん、ぎゅー」

「ちがうよ、よーた。パパ！」

光莉は晴臣にしがみついた状態で振り向き、陽太の発言に訂正を入れる。すると陽太は、抱きつこうと腕を伸ばしたまま首をかしげた。

「パパ？　おみしゃん？」

「そー」

「ん、わかった」

陽太は話の半分もわかっていないようだったが、それよりも晴臣に抱きつきたいらしく、光莉と反対側の腰にどんっと勢いよく突撃している。

「パパ」

「パパー」

「ふたりとも、ありがとう」

晴臣は泣き笑いのような表情でふたりを受け止めた。そして萌にも手を伸ばす。

「萌、おいで」

彼の声に振り返った双子が、「おいでー」とパパの真似をして小さな手を伸ばした。

よく似た面差しの三人が自分に向かって微笑みかけている目の前の現実が信じられ

なくて、萌は徐々に呼吸が浅くなる。幸せという言葉では言い尽くせないほどの感情で胸がいっぱいになり、指一本動かせない。

（これが、私の愛する家族……）

感極まった萌が固まっていると、晴臣が双子に告げた。

「ママ、来ないな。よし、みんなでママにぎゅーしようか」

「しゅる！」

「ひかりもー！」

両サイドから抱きついてきた双子と、さらにそれを包み込むように晴臣が大きく腕を広げて抱きしめてくれる。

萌と晴臣の間で、双子が「パパとママ、しゃんどいっち！」と楽しそうにキャッキャとはしゃぎ声をあげている。

「遠回りしたけど、ようやくたどり着けた。君たちを、必ず幸せにする」

同じだけ、晴臣や双子を幸せにしたい。そのためならどんな努力もしてみせる。

そう言いたいのに、声が喉に張り付いて言葉にならない。

萌は何度も頷きながら、自分だけの家族を思いっきり抱きしめた。

9．愛しい日々《晴臣Side》

とん、と肩に衝撃を受けて意識が覚醒した。

目の前には光莉のボサボサ髪の小さな頭と、陽太の柔らかそうなふかふかの足がある。

（今日は陽太に蹴られたのか）

昨日は光莉が寝返りをうった瞬間に、彼女のこぶしがみぞおちにヒットした。声をあげるほどの痛みはないが、眠りから覚めるくらいには驚いた。

晴臣はクスッと笑いながら肘を立て、手のひらで頭を支えた状態でローベッドの上を見渡す。昨夜まっすぐに寝かせたはずなのに光莉は九〇度、陽太は一八〇度回転している。

ふたりの寝顔を覗き込んでみると、くぅくぅと寝息を立てている様はまるで天使のように愛らしい。

やんちゃな天使たちの奥でぐっすり眠っている萌はブランケットをぎゅっと握りしめ、猫のように身体を横向きに傾けて丸まっている。

（可愛いな）

自分の子である光莉と陽太はもちろん可愛い。なにがあっても守ってやりたいと思うし、必ず幸せになってほしい。

しかし萌に対する感情はまるで違う。彼女は幸せになってほしいというよりも、必ず自らの手で幸せにしたい唯一の存在だ。

（三年前、苦渋の決断で手を離した萌と、またこうして同じ空間で眠れるなんて）

ゴールデンウィーク三日目の朝。昨日に続き、目を覚ました時に感じたのは、双子の寝相の悪さと、萌を再びこの家に迎えられた喜び。

再会した萌が子供を生んでいると知り、雷に打たれたような衝撃を受けた。

光莉と陽太の顔立ちが幼い頃の自分に酷似《こくじ》していることや彼らの年齢を考えれば、間違いなく自分の子供だと確信があった。それでも何度も萌に確認したのは、彼女の口から真実が聞きたかったからだ。

頼れる親族のいない萌がひとりで双子を生み育てるなど、どれほど大変だったのか晴臣には想像もつかない。

彼女は実家の不正を見過ごせずに告発し、晴臣や桐生自動車に迷惑をかけまいと姿を消した。

どれだけの葛藤が彼女の心を苛んだのか、想像するだけで胸がえぐられるように痛む。

三年の月日は長い。田辺一家の手助けがあったとはいえ、きっと心が折れそうになった日があったに違いない。

実際初めて四人で出かけた日にも、『改めて考えてみると、あまりいいママじゃありませんね』と自分を責めるような発言をしていた。

けれど双子のつたない言葉の意味を理解していたり、栄養のバランスを考えて野菜をうまく食べさせていたり、一日一緒にいれば彼女がいかに母親としてしっかり子供に向き合ってきたのかがわかる。

なにより、光莉も陽太もママが大好きだと全身で訴えている。日々愛されているからこそ、のびのびとまっすぐに育っているのだ。

大変な子育ての中でも一度も晴臣を頼らなかったのも、再会後なかなか結婚に頷かなかったのも、彼女の叔父たちの存在があったからに違いない。

萌と話してそう確信した晴臣は、ある調査を始めた。

秋月夫妻は中学生の萌を引き取ったが、養子縁組はしていない。

養子となれば戸籍上は彼らの子供となるため、養育費は自分たちで賄うことになる。

しかし親族里親制度を利用すれば、自治体から毎月一定額の手当が振り込まれる。

萌の両親の死後、彼らは未成年後見人として萌に遺された遺産の管理をする立場を手に入れ、里親として自治体から子育て手当を受け取っていた。

本来ならば成人した時点で、遺産は萌に引き継がなければならないものだ。しかし秋月夫妻は遺産を引き継がずに横領しただけでなく、萌から搾取し続けた。決して許される行為ではない。

萌は自分の親族が迷惑をかけたらと怯えていたが、この調査の結果を利用し、二度と彼女に近づかないよう手を打つつもりだ。

（これからは四人で家族になるんだ。萌と子供たちを守り、父親として受け入れてもらえるように頑張らないと）

ふたりに自分が父親だと打ち明けた時は、ここ数年で一番緊張した。

陽太は比較的早く懐いてくれたが、光莉は警戒しっぱなしで打ち解けようにも会話すらままならない。怖がらせるのも無理をさせるのも本意ではないため、会う頻度を増やして慣れてもらうしかないと考えていたが、光莉は晴臣が思っていた以上にいろんなことを感じ取っていたようだ。

まさか彼女が『パパだったら、また海の向こうに行ってしまうかもしれない』と不安がっていたとは思いもしなかった。

女の子は情緒面の成長が早いと聞いていたが、二歳なりにたくさんのことを考えている。

晴臣の話を真剣に聞いていた光莉の眼差しは、初めて出会った時の萌を彷彿とさせる。どこか不安そうな表情なのに、その瞳には聡明さが宿っていた。

陽太はまだ理解しきれていないのか、きょとんとした顔をしていたのも可愛らしい。

ともあれ、そうしてふたりに父親だと受け入れてもらえたのが一昨日。

昨日は朝から四人で室内型の遊園地へ行った。光莉と陽太はボールプールやトランポリンに大はしゃぎで、一日中思いっきり身体を動かして遊んだせいか、夕食を食べ終えた直後にこてっと眠りに落ちた。

その後、萌と改めて今後について話し、彼女の仕事の引き継ぎができ次第、この家で四人で生活を始めようと決めた。それに伴う準備も徐々に進めていかなくてはならない。

双子にとっては生まれた場所や、祖父母のように慕う田辺たちと離れることになる。

寂しい思いをさせてしまうぶん、思いっきり愛していこうと決意を新たにしたのだった。

「よし。ふたりとも、お花をここに置くよ」

今日は萌にとって、そして晴臣にとっても特別な日だ。今日のために必死で仕事を調整して休みをもぎ取った。

午前中は近くの公園で遊び、萌お手製のお昼ご飯を食べたあと、都内の緑豊かな地区にある霊園へやってきた。

「ふたりのじいじとばあばが、ここで眠ってるんだよ」

萌は途中に寄った花屋で購入した仏花《ぶっか》を花立てに挿した。彼女の真似をして墓石の前でしゃがむ双子が、小さな手を合わせている。

「じいじ、ばあば?」

「ねんね?」

まだふたりには難しそうだったが、萌は「そうだよ」と頷いた。

「ご挨拶しようね。きっと、ふたりをずっと待っててくれたはずだから」

四月三十日。今日は萌の両親の命日だ。十三年前の今日、彼女の両親は事故で帰らぬ人となった。

まだ中学生だったひとり娘を残して逝く無念は、双子の父となって日の浅い晴臣にも痛いほど理解できる。

三人の後ろに立ち、晴臣も目を閉じて手を合わせた。

（今度こそ、萌さんを幸せにします。どうか娘さんをください）

田辺に話したように、墓の下で眠る萌の両親へ誓いを立てる。

すると、すでに立ち上がった双子が両足にしがみついていた。

「パパも、ねんね？」

「ねんねじゃないよ。目を閉じて、じいじとばあばとお話ししてたんだ」

陽太の質問に、晴臣は笑って答えた。

「おはなし？　なにー？」

「ん？　ママをパパのお嫁さんにくださいってお願いしたんだよ」

「およめしゃん？」

光莉が興味深そうに聞いてくる。

「そう。大人になると、男の子は大好きな女の子にお嫁さんになってもらうんだ」

晴臣が光莉に説明している横で、萌は退屈になって砂利で遊び始めた陽太を宥めている。その耳が赤くなっているのに気づき、抱きしめたくてたまらなくなった。

そうして萌の両親の墓参りを終えた四人は、ホテル・アナスタシアへやってきた。

今日は萌の両親の命日でもあり、彼女の誕生日でもある。

『ご両親の代わりに、これからは俺が毎年君の誕生日を祝うよ』

三年前にそう告げたにもかかわらず、翌年は約束を守ることができなかった。

だからこそ誕生日を目前に再会できた今年こそは、過去のぶんも含めて祝いたいと思っていたのだ。

「わぁー！　ひろーい！」

「しゅごーい！」

最上階のひとつ下の階にあるインペリアルファミリースイートルームに着くと、双子は探検するように部屋中を走り回り始めた。

「あの、このホテルって」

萌は驚き、口元に手を当てている。けれどその声音に喜色が混じっているのがわかり、晴臣はホッとしながら頷いた。

「うん。俺たちが見合いした場所だよ。萌の誕生日をどう祝おうかって考えたら、きっとプレゼントを贈るよりも家族で過ごす時間が一番喜んでくれるんじゃないかと思って」

ハイブランドのバッグでも高価なジュエリーでも、それこそ車やマンションだって萌が望むならプレゼントしたいが、きっと彼女は望まないだろう。高級レストランのディナーで祝おうにも、二歳児をふたり連れていくのはまだ難しい。

それならば周囲に気兼ねなくおいしい食事を家族四人で楽しめるようにホテルの部屋を予約し、レストランのディナーをルームサービスで届けてもらうプランにした。

「ありがとうございます。両親のお墓参りにみんなで行けたのも、こんなに素敵な部屋を予約してくださったのも、すごく嬉しい」

「よかった。あとでみんなで下の中庭にも下りてみようか」

「ふたりが公園と勘違いして大騒ぎしそうです」

そう言いながらも、萌は嬉しそうにはにかんで頷く。彼女の表情を見て、自分の考えは間違っていなかったのだと安堵した。

ひとしきり部屋の探検を終えて疲れた双子が昼寝をしている間に、頼んでいたバースデーケーキを運んでもらった。

「わぁっ……！　ケーキまで用意してくれたんですか？」

ケーキを見た萌がはしゃいだ声をあげる。その様子が可愛くて、晴臣の頬も自然と緩んだ。

「もちろん。ふたりには悪いけど、今のうちに食べようか」

「ふふっ、まだあの子たちには早いですからね。すごくおいしそう！」

いちごやラズベリーで彩られたホールケーキの中央には【Happy birthday】と書かれたプレートがのり、その周りにチョコレートでできた小ぶりな四輪のバラが飾られている。

「シンプルなショートケーキと迷ったんだけど、チョコレートのほうが好きかと思ってガナッシュケーキにしたんだ。萌が俺に作ってくれたケーキには敵わないけど」

「まさか。比べちゃダメですよ。あの時初めて作ったんですから」

「だからだよ。あれ以上においしいチョコレートケーキはいまだに食べたことがない。きっとこれからも超えられないよ」

「晴臣さん……」

当時、給料のほとんどを叔父夫婦に搾取されていると聞き、自分が頑張って稼いだお金は自分のために使えばいいと告げたにもかかわらず、萌はお礼がしたかったのだと言って甘党な晴臣のためにケーキを作ってくれた。

そんな萌の優しさや純粋さに惹かれたのを鮮明に覚えている。そう伝えると、萌は驚きつつも嬉しそうに微笑んだ。

「食べようか。キッチンにケーキナイフがあるって言ってたな」

ひとりぶんにカットしたケーキを皿にのせ、ケーキと同時に頼んだ紅茶と一緒にセッティングする。萌は「いただきます」と手を合わせてから、ゆっくりと口に運んだ。

「おいしい……！　なめらかで濃厚で、幸せの味です」

「よかった。チョコにして正解だったね」

「私がチョコレート好きなのは、晴臣さんの影響ですよ」

「俺？」

晴臣は首をかしげた。確かにかなりの甘党の自覚はあるが、萌ももともとスイーツを好んで食べていたはずだ。

「初めて晴臣さんの家に行った日、私にホットチョコレートを作ってくれたの覚えてますか？」

晴臣の脳裏に、叔母や従姉妹に理不尽に罵られ、怪我までさせられている萌をあの家から連れ出した日の記憶がまざまざと蘇ってくる。

彼女たちから離れられるという希望と、晴臣からの唐突な結婚と同居の提案に、萌の心は目に見えてグラグラと揺れていた。

いくら結婚の提案に頷いたとはいえ、初対面の男の家に住むなど警戒して当然だ。

少しでも安心して落ち着いてほしいと、晴臣は自分の好物でもあるホットチョコレートを淹れた。

「もちろん覚えてるよ。確か少量のブランデーを入れてたせいですぐに眠ったんだよね」

頷いて情報を補足すると、萌は恥ずかしそうに目を伏せる。

「正直、あの時は自分の選択が正しかったのかわからなくて、不安でいっぱいでした。そんな時、晴臣さんが作ってくれたホットチョコレートが本当においしくて安心したんです。あれ以来、チョコレートが大好きになりました」

「甘党も、たまには役に立つな」

肩を竦める晴臣に、萌はおかしそうに声をあげた。

(この笑顔を、生涯そばで守っていくんだ)

可愛らしくクスクス笑う彼女を、晴臣は目を細め愛おしさを隠さずに見つめた。

「改めて、誕生日おめでとう。萌」

「ありがとうございます。本当にすごく嬉しいです」

「ご両親の代わりに毎年祝うと宣言しておきながら、約束を果たせなかった」

「いえ、それは私が……」

「今度こそ受け取ってほしい」

自分を責めそうな萌の唇を人差し指で制し、晴臣はポケットに忍ばせておいた指輪を取り出した。萌の左手をそっと握りしめると、彼女の細く美しい薬指に石付きの指輪をすべらせ、うやうやしく唇を寄せた。

「出会ってからずっと、君だけを愛してる」

初めは同情や打算的な考えで結婚を提案した。正直に言えば、いずれ結婚しなくてはならないのだから、うまくやれるのなら誰でもいいと思っていた。

けれど、それは萌に出会うまでの話。理知的な光を宿す瞳を見た瞬間、彼女だと直感したのだ。それは一緒に暮らし、ともに過ごす時間が長くなればなるほど確信に変わる。

「萌。俺は君が想像しているよりも、ずっと萌のことが好きだよ」

自分よりも人を思いやれる優しさも、その優しさからくる強さも、ずっとひとりで耐えてきたからこそ他人に甘えられない不器用さも、全部が愛おしい。

そばにいても、離れていても、晴臣の中の彼女の存在は決して薄れなかった。

心の中を曝《さら》け出すように伝えると、萌は頬を上気させ瞳が潤みだす。

「私も、晴臣さんが好きです。大好き」

普段の清楚な雰囲気とは裏腹に、目を見張るほどの色香を纏った彼女を前にして、思わず喉が鳴った。

そっと顔を近づけると長いまつ毛が恥ずかしそうに伏せられ、指輪で飾った左手にきゅっと力が込められる。

あまりに可愛らしい反応に我慢が利かず、そのまま彼女の唇を奪った。三年ぶりに触れる萌の唇はどんなチョコレートよりも甘い。

「ん……」

柔らかい唇を二度三度と角度を変えつつ啄み、触れては離れるを繰り返す。そうでもしないと、深く貪《むさぼ》ってしまいそうだった。

言葉はなく、同じくらいに互いを求め合っているのが伝わってくる。

けれど今はまだ日が高い時間帯で、隣の部屋では双子がすやすやと昼寝している。きっとあと一時間もすれば起きてくるはずだ。

三年ぶりに萌に触れるのに短時間で済むはずもなく、なによりソファでおざなりにしたくはない。

夜までの我慢だと細く焼き切れる寸前の理性をなんとか保ち、唾液に濡れた唇を解放する。くったりと身体を預けてくる萌の湿った吐息がさらに晴臣を掻き立ててたまらなくさせた。

双子が起きてくるまで何度もキスを交わし、そのたびにこれ以上進めないというもどかしさとの戦いだった。

その後、双子が目を覚ますと約束通り中庭に出て散策し、ホテル内にあるレストランからディナーをケータリングして四人で賑やかに食事を楽しむ。

一流レストランの料理はどれも素晴らしく、目も舌も楽しませてくれるのを存分に味わった。

双子のぶんは可愛らしくプレートに盛り付けてもらったため、光莉と陽太も大喜び。その様子を見ている萌もまた嬉しそうで、誕生日の祝い方は間違っていなかったのだと晴臣は頬を緩めた。

そうして食事を終え、ふたりを風呂に入れてドライヤーで髪を乾かし終えた頃には、そわそわと落ち着かない気分だった。

この部屋は家族三世代でも泊まれるように設計された部屋で、他の客室にはない和室がある。寝相の悪い双子が高いベッドから落ちないよう、和室に布団を敷いて寝かせられるのだ。

まだ双子は萌が一緒でないと眠れないため、「おやしゅみしゃいー」と挨拶をして和室へ入っていくのを手を振って見送る。

(早く抱きたくて仕方ないなんて、いい大人が焦りすぎてみっともないな)

こんなにも心を乱されるのは、あとにも先にも彼女だけ。

少し頭を冷やすためにも部屋に備え付けの酒を飲むが、あまり味を感じない。寝かしつけをしているのならばテレビをつけるのもはばかられる。静かなリビングルームで萌を待つ時間が、途方もなく長く感じた。

飢えている。女性にではなく、萌に。

広い客室を見渡しながら、このゴールデンウィークに休みを取りたいと調整を頼んだ時の小倉との会話を思い出す。

『足繁く名古屋まで通ったかいがあったんですね。おめでとうございます』

『……小倉さん、茶化してますよね？』

『嫌ですね、副社長。半分は本気で祝福してますよ。もちろん休暇は調整させていただきます。お子様と過ごす時間は、なににも代えがたいですから』

もう半分はなんなのだというツッコミは面倒なので入れないことにした。

小倉には小学校に上がったばかりの娘がいるらしく、名古屋に行く際にはレンタカーを借りておくべきだと助言をくれたのも、ベビーガードやキッズチェアなど必要そうなものを教えてくれたのも彼女だった。

『それに、奥様とも三年ぶりの再会なんですよね？　この休日で存分にイチャついて英気を養ってきてください。連休明けはレセプションパーティーも控えていますし、馬車馬のごとく働いていただきますから』

『イチャついてって……子供も一緒なんですから』

『だからなんなんですか。子供は子供、妻は妻です。もちろん昼間は全力で父親ですけど、夜は妻を愛するただの男でいいんですよ』

おちゃらけて見えても、小倉はいい父親であり愛妻家らしい。

「妻を愛するただの男、か。その通りだな」

優秀な秘書の助言を反芻《はんすう》していると、和室の扉がそっと開いた。

「寝た？」

「はい。興奮してなかなか寝付かなかったですけど、やっとぐっすり寝てくれました」

萌が質問に答えている間にも、晴臣は立ち上がって彼女に向かって歩みを進める。

「晴臣さん？」

「ごめん、限界なんだ。萌が欲しい」

「え？　きゃっ！」

彼女を抱き上げ、和室の隣にあるベッドルームへと向かった。キングサイズのベッドに萌をゆっくりと下ろすと、すぐに彼女に口づける。

「昼からずっと、いや、三年の間ずっと……こうしたかった」

ホテルのロゴが入ったパジャマのボタンをひとつずつ外し、覗く素肌に唇を寄せた。

そのたびに漏れる吐息と、恥ずかしそうに唇を噛む萌の表情が、晴臣の劣情をどこまでも煽《あお》る。

ずっと萌が欲しかった。過去に彼女と交わした愛の記憶があるからこそ、狂おしいほど求めてしまう。

「萌を抱きたい。いい？」

「私も、晴臣さんに触れてほしいです」

背中に腕が回され、体温がグッと上がった。昼間はできなかった深いキスをする。

それにおずおずと応えようとする萌にますます愛おしさが募る。

そのままパジャマを取り去ろうと裾に手をかけると、彼女がハッとした表情で晴臣を見上げた。

「あっ、私、お腹に傷が……」

「傷？」

「帝王切開だったのでどうしても残ってしまって、だから」

「萌」

晴臣は萌がなにを言いたいのかを察すると、不安そうに見上げる彼女の頬を包み込み、しっかりと目線を合わせた。

「お腹の傷は、君が命懸けで光莉と陽太を生んでくれた証だ。萌が気にするのなら見ないようにするし触れないようにする。でも俺はその傷ごと君を愛してる」

嘘偽りない本心だ。男にはきっと耐えられないような痛みを乗り越え、彼女は母親になった。傷はふたりの宝物を守ってくれた印であり、深く感謝こそすれ不快に思うはずがない。

だからなにも心配する必要はないのだと伝えると、萌は泣きそうな顔で微笑んだ。

「私……晴臣さんと出会えて、本当に幸せです」

「萌」

「全部、触れてください。私に、晴臣さんをください」

普段はあまり自分の要望を口にしない萌が、晴臣を求めている。楚々とした雰囲気を纏ったまま、晴臣が惹かれた聡明な眼差しをこちらに向け、触れてほしいと言葉にした。

その威力は絶大で、晴臣は思わず「本当に、君は……」と天を仰いだ。

「もちろん、全部あげる。俺のすべては君のものだ」

「嬉しい……。今日は嬉しいことだらけで、泣いてしまいそうです」

「まだまだ。夜は長いんだ、今から泣いてたらもたないよ?」

本当は、晴臣も泣いてしまいそうだった。萌が可愛くて、愛しくて、どうしようもないほど高ぶっている。

だからこそ不敵に微笑み、強引に話を終わらせてその唇を塞いだ。

「んっ……」

何度も口づけを繰り返し、身につけているものをすべて取り去り、これまで離れていた期間を埋めるように抱き合った。

晴臣の指先や舌での愛撫《あいぶ》に身悶《みもだ》える萌は最高に淫らで美しく、子猫のような嬌声《きょうせい》に際限なく煽られる。

弱い部分を執拗に責め、熱く滾《たぎ》る自身を埋め込み、愛情をぶつけるように律動する。

余裕も技巧もない、ただひたすら本能のままに愛する行為は、信じられないほどに気持ちいい。

「萌、好きだよ。ずっと、君だけを愛してる」

「私も……、あっ、んん!」

二度と離さないとばかりに強く抱きしめ、彼女の最奥まで自分を刻み込む。
幾度となく言葉と身体で愛を伝え合いながら、萌の誕生日の夜は更けていった。

10．過去を越えて幸せに

初夏の陽気が漂う五月下旬。萌は田辺ネジを退職し、晴臣のマンションへと引っ越した。

以前は『おみしゃん』と呼んでしまい、そのたびに照れくさそうに『……パパ』と言い直すことの多かった陽太だが、今ではすっかり『パパ』呼びが定着している。

光莉は引っ越しの日が近づくにつれてナーバスになり心配していたが、その理由はどうやら康平にあったらしい。

引っ越し当日、見送りに来てくれた田辺と理恵、そして康平に萌が挨拶を済ませると、光莉は一目散に康平の元に走っていった。

『ひかり、おっきくなったら、こーくんのおよめしゃん、なりゅ！』

涙目でそう宣言した光莉に、そばで聞いていた理恵は相好を崩した。

『あらあら。萌ちゃんをお嫁に出して寂しくなっていたけど、いずれ光莉ちゃんがうちに来てくれるのかしら』

『おー。いい女になれよ、光莉』

おかしそうに笑う康平に頭を撫でられて、光莉は嬉しそうにしている。その光景を微笑ましく見守る田辺や萌とは裏腹に、晴臣だけはしかめっ面をしていたのだった。

その後、改めて晴臣の両親にも挨拶を終え、萌と晴臣は婚姻届を提出した。

桐生家に双子を連れていくのはとても緊張したが、晴臣の言っていた通り、とても温かく迎え入れられた。

萌は三年前に一方的に縁談を反故にした過去と、それによって叔父一家が迷惑をかけたことを改めて謝罪したが、晴臣の父である宏一はどちらも不要だと首を振った。

『萌さんに非はひとつもない。それより、きっとしなくてもいい苦労をたくさんかけてしまったね。君の父上にも申し訳ない気持ちでいっぱいだ』

『本当に。ひとりで双子の育児は大変だったでしょう。こんなことを言うのはおこがましいけれど、これからは私たちを本当の親だと思って頼ってくれると嬉しいわ』

宏一だけでなく晴臣の母である圭子《けいこ》も涙ぐんで萌の手を取り、これまで手助けできなかった不手際を詫《わ》びる。

萌は恐縮してしまったが、双子を連れて挨拶に行くと事前に連絡をしていたため、ふたりのためにたくさんの服やおもちゃを用意していてくれて、歓迎されているのだと実感できた。

双子も初めは警戒していたが、おもちゃ作戦が功を奏し、すっかり『じいじ、ばぁば』と呼んで懐いている。

そして持参した婚姻届に宏一からサインをもらった。もうひとりの証人欄には、すでに田辺のサインが記してある。

必要書類も揃えて役所に提出し、晴れて萌と光莉、陽太の三人は晴臣と同じ姓となった。

＊　＊　＊

六月下旬。本格的に梅雨入りし連日じめじめとした天気が続く中、アナスタシアの大広間では桐生自動車の創業者である桐生正一《しょういち》の生誕百周年を祝うレセプションパーティーが華やかに執り行われていた。

大きなシャンデリアが吊《つる》された広間の中央には、桐生自動車が手がけた最新モデルのセダンと、先日レースに出場して見事優勝を果たしたマシンが展示されている。

桐生自動車の子会社や取引先の重役たちがひしめく中、萌はドレスアップし晴臣の妻として出席していた。

レースのフレンチスリーブが愛らしい生成り色のミディドレスは、たっぷりとシルクタフタを使ったフレアスカートが上品な可愛らしさを演出している。同系色のベルトでウエストを絞り、これまであまり履いたことのない華奢《きゃしゃ》なヒールのパンプスを合わせ、晴臣の腕に手を添えて挨拶をして回っていく。

彼は桐生自動車の若き副社長として堂々とホストを務めていた。

『大々的に発表をしたわけではないですが、やはり副社長が結婚されたという話は広がっていますから。みなさん興味津々だと思いますよ』

パーティーが始まる前、控室でそう教えてくれたのは晴臣の秘書である小倉だ。インカムで忙しなく指示を出す様子は優秀な秘書そのものだが、晴臣いわく〝食えない人物〟らしい。

『小倉さん、あまり萌にプレッシャーをかけないでください』

『失礼しました、逃げられては大変ですからね』

クスッと笑う小倉を、晴臣は目を細めてジロリと睨む。

どうやら副社長と秘書という関係性よりも多少砕けた雰囲気のようだ。多忙な晴臣を支えてくれる小倉がいい人そうで、萌はこっそりホッとしたのだった。

パーティーでは萌自身がなにかを話すわけでもない。晴臣の妻として紹介され、笑顔で会釈をしていればいい。しかしその相手が恐ろしいほど地位のある人たちばかりで、緊張するなと言うほうが無理な話だ。現役の環境大臣に紹介された時は腰が抜けるかと思った。

パーティーが始まって一時間ほど。晴臣は近くのスタッフからドリンクを受け取ると、会場の端へ萌を促した。

「疲れた？　これでだいたいの人に挨拶できたよ。付き合ってくれてありがとう、萌」

「いいえ。私は隣に立っていただけなので」

「それでも足は痛いだろう。座って休んで」

「ありがとうございます。でも大丈夫ですよ」

気遣う言葉をかけながら萌にグラスを渡してくれる晴臣は、光沢のあるグレーのパーティースーツに身を包んでいる。

（妻の贔屓目なしに、仕事モードの晴臣さんも抜群にかっこいい……）

どれほど年上で地位が高い相手にも、晴臣はひるまず笑顔で対応していた。謙虚でありながら対等に意見を交わし合うその姿は頼もしく、仕事をしている姿を初めて見た萌は普段の優しく穏やかな雰囲気の晴臣とのギャップにときめいてしまう。

「きっと田辺社長たちも来ているはずだ。あとで挨拶に行こう」

「はい」

晴臣の主導するプロジェクトは田辺ネジと正式に契約し、共同で新型車用のねじの開発に乗り出すことになったらしい。

詳しいことは萌にはわからないが、軽くて丈夫なねじが作れれば車体を軽くできる。車体が軽くなれば燃費の向上が見込まれるため、環境にいい車が作れる。環境省も推進している地球に優しい車を作るべく、桐生自動車と田辺ネジは手を取って開発を進めていくようだ。

そのため今日のパーティーに田辺と康平も呼ばれており、一緒に上京した理恵がこのホテルの上階の部屋で光莉と晴臣を見てくれている。

「とはいえ、こんなに可愛い萌を彼に見せるのは癪だな」

「え？」

「思った通り、多くの男性が君に見惚れていた。ひとりずつ挨拶するよりも、壇上で俺の妻だと周知したほうが効果的かな。中締めの挨拶の時、萌も一緒に登壇する？」

とんでもない提案をされ、萌は必死に首を横に振った。

晴臣は事あるごとに甘い言葉をくれるし、独占欲を隠さずに伝えてくれる。

朝起きれば『今日も可愛い』と額にキスを贈られ、目が合えば『萌、好きだよ』と微笑まれる。ベッドの中では激情をあらわに萌を翻弄した。

誕生日以降、晴臣は幾度となく萌を抱いた。

『愛してる』

『俺だけのものだ』

『二度と離さない』

まるで離れていた年月の空白を埋めるように、萌への想いを伝えてくれる。

愛されていると実感できるし、言葉にして気持ちを告げてくれるのはとても嬉しい。

けれど先ほどのように、まるで他の男性の目にも萌が魅力的に映っているかのように言われると、夫の贔屓目が強くて恥ずかしくなってしまう。

「晴臣さん……からかってますか？」

「まさか。本心だよ。本当なら、こんなに可愛い萌を誰の目にも晒したくない。それが無理なら、俺のものだと全員の前で宣言したい」

「そんなふうに思うの、晴臣さんだけですから」

「ほら。そういう無自覚な部分も心配なんだよ」

肩を竦めてみせる晴臣が本心で言っているのだとわかるため、余計に照れくさい。

「あの、私、ちょっとお手洗いに」

「場所わかる？　一緒に行こうか？」

「光莉や陽太じゃないんですから大丈夫です。晴臣さんとお話ししたい方はまだたくさんいらっしゃると思うので、戻っていてください」

萌は苦笑すると、「子供じゃないから心配してるんだよ」と過保護に呟きながら中央のホールへ戻っていく晴臣と別れてレストルームへ向かう。

パウダールームにある豪華なドレッサーに腰掛け、ふう、と小さく息を吐いた。

彼には平気な振りをしたが、初めてのパーティーへの極度の緊張で多少疲れているし、慣れないヒールでつま先が痛い。

けれどそれ以上に独占欲を滲ませる晴臣の甘さに悶え、照れて逃げてしまった。

このドレスに身を包んだ萌を見た時も、彼は『このまま萌とふたりきりで過ごしたい』などと呟いていた。

(晴臣さん、なんだかいつもに増して甘い……)

鏡を見ると、プロの手によって美しく変身させてもらった萌の顔から首までが桜色に染まっている。

メイクが崩れていないかを確認し、ドキドキと忙しなく高鳴る鼓動をなんとか落ち着かせて出た。すると、会場の受付辺りがなにやら騒がしい。

「いい加減に通してちょうだい！　そちらの不手際で招待状が届かなかっただけよ」

今日のレセプションパーティーには現役の大臣をはじめ各界の著名人が来賓として招かれているため、警備は厳重で、当然招待客以外は入れないようになっている。

立食形式でアルコールの提供もあるが、酔って問題を起こすほど飲むような雰囲気でもない。

にもかかわらず不穏な空気が漂っているため、萌はなんとなく胸騒ぎを覚えた。

（晴臣さんに伝えたほうがいいのかな）

すぐに会場内に戻ろうとしたところに、この場にそぐわぬ女性の金切り声が響く。

「どうしても私たちを入れられないというのなら、桐生の社長か副社長を呼んでちょうだい！　確かめたいことがあるのよ！」

聞き覚えのある甲高い声の先へおそるおそる視線を向けると、警備員に向かってものすごい剣幕で捲し立てているのは、やはり翔子と玲香だった。その後ろには不機嫌そうな顔の健二の姿もある。

（叔母さんたち、どうしてここに……！）

萌は驚きに身を硬くし、その場に立ち竦んだ。

秋月工業はすでに桐生自動車との取引は終了しており、このパーティーにも招待などされていないはずだ。

萌が告発したことで会社の経営は火の車となり、晴臣の話では他の取引先からも製造品の不良などで訴えられていると聞く。

そんな時期に招かれてもいないパーティーに三人揃ってやってくるなんて、いったいなにを考えているのだろう。

目を逸らせないままじっと受付を凝視し続けたせいか、翔子がちらりとこちらに視線を向けた。

「萌……！」

ハッと我に返った時には、もう遅かった。

翔子は止めようとする警備員を振り切り、萌の目の前までツカツカと歩み寄ってくる。そして大きく振り上げた右腕を萌の頬めがけて思いっきり振り下ろした。

パァンという打擲音《ちょうちゃくおん》が響き、萌はあまりの衝撃にその場に倒れ込む。

「この恩知らず！　あんたのせいで、今私たちがどれだけ大変だと思っているの！」

打たれた左頬がじんと熱を持つが、あまりの出来事に痛みを感じない。

扉の向こうのざわめきがかすかに聞こえるだけの静かな空間に、翔子の怒声が響く。

「桐生晴臣が結婚したと聞いて、まさかと思ったのよ。本当にあんたが相手だったなんて……！」

萌は左頬に手を添え、膝をついたまま叔母を見上げる。

「勝手に結婚を反故にして会社を告発して……あげくに今さら結婚ですって？　どこまで私たちをバカにしたら気が済むの！」

翔子に続き、萌に気づいた玲香や健二も怒りの形相で睨みつけてくる。

「許さないわよ、あんただけ幸せになるなんて！」

「萌、お前……自分がいったいなにをしでかしたのかわかっているのか！　お前の身勝手な行動で、どれだけ迷惑を被《こうむ》っているか。本当に桐生と縁続きになったのなら、なぜ連絡してこない！　早くうちとの取引を再開するよう話をつけろ」

次々に罵声を浴びせられ、過去の弱い自分を思い出す。

感情を殺し、思考を止め、なにもかも諦めていた。

(でも、私は変わったの。晴臣さんと、光莉と陽太のおかげで)

萌はゆっくりと立ち上がり、こちらを睨みつけてくる三人をまっすぐに見据える。

三年前に決別したつもりだった。けれど言い逃げしただけではなにも変わらない。

自分には守るべき家族がいる。叔父たちにはなにを言っても無駄かもしれないけれど、それでも金輪際関わる気はないのだと伝えておかなくては。

とはいえ、桐生自動車の華やかなレセプションパーティーに水を差したくない。幸いにもホワイエには賓客は見当たらないが、警備員が遠巻きに無線でなにか告げている様子も見える。早く決着をつけなくてはと、萌は自分を奮い立たせた。

「私が晴臣さんと結婚したとして、あなたたちになんの関係があるんですか」

「まずはうちの負債をなんとかしてもらうに決まってるだろう！」

健二がさも当然の権利かのように大声で主張するのに対し、萌はできるだけ冷静に切り返す。

「……どうして晴臣さんにそんなお願いをできると思うんですか」

すると、翔子もまた的はずれな主張を捲し立てる。

「どうして？　私たち家族が困っているんだから、助けるのは当然じゃない！　誰のせいで会社が大変な状況に陥っていると思ってるのよ！　桐生家にとったら、うちが抱えている負債なんて大した額じゃないわ。さっさと話を通してきなさい」

怒りを通り越し、呆れて目眩がしそうだった。きっと同じ理論で萌の両親にも借金の肩代わりを頼み、断られたのを逆恨みしていたのだろう。

萌が反論するのに苛立ちを募らせ、三人はますます怒りに満ちた表情をしている。

（なにひとつ成長していない。変わらないんだ、この人たちは……）

どれだけ話してもわかってもらえない。それがもどかしく、ひどく悲しい。

それでも萌は毅然《きぜん》とした態度で彼らに告げた。

「三年前のこと、私は後悔していません。あなたたちを家族とは思っていないし、二度と関わる気もありません」

「なんですって……?」

翔子は青筋を立てて萌を睨みつけているが、萌はひるまずに続けた。

「ここはあなたたちの来る場所ではありません。お引き取りください」

「お前、いい加減に――」

「萌ちゃん?」

唐突に名前を呼ばれ、萌は弾かれたように振り返る。そこにはパーティー仕様の黒いスーツに身を包んだ田辺が立っていた。

「社長……」

田辺は萌の左頬が腫れ上がっているのに気づき、眉間に皺を寄せる。

「その顔、いったいどうしたんだい?」

「あ、あの……」

萌がどう説明すべきかうろたえていると、健二が彼を見るなり「あんた、田辺か……！」と激昂した。

田辺は萌の父が亡くなってからの数年、健二の下で働いていた。しかし健二の利益主義に我慢できず早々に見限って退社し、名古屋で自分の会社を立ち上げたのだ。互いにいい感情を持っていないのは明白だった。

「……お久しぶりですね、秋月社長」

「なにをぬけぬけと……！　あんたが辞めてから、うちの製品を真似て商売しているのを知ってるんだぞ！　どういうつもりだ！」

声を落として挨拶した田辺に対し、健二は唾を飛ばす勢いで人差し指を突きつけて怒鳴り散らした。

特許を出願すると、その一年半後に内容が公開される。どのような技術でその製品が作られたのかを記したものが誰でも見られる状態になるため、特許として登録した範囲外の類似製品を作られるリスクがある。

萌の父や田辺はそれを承知で特許を取得したし、それによってねじ製造業界が盛り上がればいいと思っていた。

しかし健二はそうではない。利己的な考え方しかできないのだ。

桐生自動車が共同開発のために田辺ネジと業務提携をしたというニュースを耳にし

たのだろう。秋月工業で働いていた社員が興した会社だと知り、自社が取引を切られたのも相まって、製品を真似されたと見当違いな逆恨みしているに違いない。

（どうしよう。社長を巻き込んでしまうし、このままここで騒ぎを大きくしたら晴臣さんにも迷惑が……）

下手に口を出せば、火に油を注ぎかねない。彼らは余計に大声で喚き立て、騒ぎが大きくなってしまう。

「あんたのせいでうちは桐生との取引がなくなったんだ！　こっちは特許侵害で損害賠償だって請求できるんだからな！」

その時。背後から足音が近づいてくる。

「それは不可能ですよ」

耳に馴染んだ張りのある声を聞き、萌は膝から崩れ落ちそうなほど安心した。

隣に歩み寄った晴臣は、わずかながら息を切らしている。大切な姫を守る騎士のように萌に寄り添う彼を見上げると、なぜか耳に先ほどまではつけていなかったインカムを装着していた。

そして田辺同様、腫れ上がった萌の頬を見て目を見張り、怒りや悔しさを押し殺すように唇を噛みしめた。

（晴臣さんがそんな顔をする必要はないのに）

彼はお見合いをした日にも、萌を翔子や玲香から守るために自宅まで迎えに来てくれた。その時も『守れなくてごめん』と謝られたが、そんな必要はない。

今、隣にいてくれること。それだけで萌は勇気づけられ、強くなれるのだから。

痛ましげな表情に萌のほうが耐えきれず、大丈夫だという意味を込めて、そっと彼の手を握って微笑みかける。

萌の意図を汲み取った晴臣は一度ぎゅっと目を閉じて大きく息を吐ききると、いっさいの笑顔を見せずに秋月一家に対峙した。その横顔は萌でさえ背筋が凍るほど冷淡な顔つきで、握っていた手にさらに力を込める。

「お久しぶりですね、秋月社長」

「こ、これは晴臣くん。いや、副社長に就任されたんでしたな。ご無沙汰しております」

「ずいぶんお話が盛り上がっていたようですが」

どこから晴臣に聞かれていたのかと、健二や翔子が顔を引きつらせている。それを意に介さず、彼は毅然とした声で話し始めた。

「以前の秋月工業は毎年多数の新しいねじが開発され、我が社もその一部を使用していました。しかしある時からねじの品質が落ち始め、御社が特許を持っているねじを使用した車種の生産が中止となったのをきっかけに、他のねじも他社のもので代替が利くと判断したんです。田辺ネジさんは関係ありません」

晴臣からきっぱりと〝取引の中止は品質低下が原因である〟と突きつけられ、健二はたじろぐ。けれど納得ができないのか、「いや、しかし……」と食い下がった。

「実際、今はそちらの田辺ネジと取引を始めたのでしょう。彼の製品は、明らかにうちの模倣です」

「そうですよ！　田辺社長は以前はうちに在籍していたんです。秋月の持つ技術を盗んで自分の会社の利益にするだなんて、恥知らずにもほどがありますでしょう？　特許侵害に値するのも、それについて損害賠償を要求するのも当然です」

分が悪そうな健二に加勢するように、翔子がここぞとばかりに捲し立てた。

二十年前に特許を取得したねじの技術は、萌の父と田辺が何年もかけて必死に研究開発した努力の結晶だと聞いている。そんな田辺に対し、技術を盗んだだの恥知らずだの言われ、初めて叔父たちに対し強い怒りが湧き上がる。

しかし田辺と晴臣は萌と違い、彼らに呆れ返った視線を向けた。

「会社を経営していながら、そこまで無知でいられるなんて。秋月はさぞ無念だろう」

「同感ですね」

大企業の副社長を前にずっと低姿勢でいた健二だが、さすがに『無知』と非難されたのが聞き捨てならなかったのか、苛立ちを隠さぬ表情で晴臣を睨みつける。

「……どういう意味だ」

凄む健二を意に介さず、晴臣は淡々と告げた。

「特許権の存続期間は二十年と決められています。秋月工業の前社長が取得されていた特許は、すでに三ヶ月前に切れているんですよ」

「な……っ、なんだと……？」

「田辺ネジさんはさらに改良した製品の産業的利用価値や進歩性が認められ、早期審査を経て先日特許権の取得に至っています。今後はこのねじをさらに進化させ、桐生自動車のものづくりの根幹を支えてもらうつもりです」

いつもの穏やかな表情は鳴りをひそめ、晴臣は不敵な笑みを浮かべて健二に視線を送る。『ものづくりの根幹』と萌の父の言葉を引用したのも、彼に対する強烈な皮肉なのかもしれない。

「そ、そんな……特許の期限だと……」

「経費の不正使用に製品の不良、さらに特許が切れているにもかかわらず特許製品だとする虚偽表示。いずれも企業の信頼を貶めています。こちらを当てにされていたようですが、援助するつもりはいっさいありません。ここ数年、多数の企業から手を切られている原因は御社にあるとおわかりいただけたのでは？」

「バカな……せっかく、手に入れたというのに……。なにもかも持っていた兄から、ようやく奪えた会社だったのに……」

晴臣の言葉を聞き、健二は魂が抜けたように力なくその場に座り込んだ。

このまま会社の運営を続けても負債は膨らむばかり。もう会社を畳む以外に道はない、そう気づいたのだろう。

しかし、それでも黙っていられないのが翔子と玲香だった。

「企業の信頼を落とす真似をしたのは、そこで大事そうに守られている萌でしょう！告発だなんて、育ててやった恩も忘れて！」

「そうよ！　パパの手伝いをするふりをして告げ口したんでしょう！　なんて嫌な女なの！　責任取りなさいよ！」

晴臣には太刀打ちできないと踏んだのか、ふたりは萌を非難する。

反論しようとしたが、晴臣から「君は十分頑張った。あとは俺に任せて」と耳打ちされ、萌は戸惑いながらも頷いた。

「育ててやった恩、ですか？」

「そうよ、誰のおかげで施設に放り込まれずに家族の元で暮らせたと思ってるの！」

翔子は当時から萌にも同じセリフを何度も口にしていた。萌もその恩を感じていたからこそ、大抵のことは我慢して彼らの家政婦のような暮らしに甘んじていたのだ。

「あなた方は萌のご両親の死後、彼女の未成年後見人になっていますよね」

「ええ。私たち以外に親族はいなかったもの」

「さらに養子縁組ではなく親族里親の制度を利用し、毎月自治体から手当を受け取っていた」

翔子は美しい口元に小バカにするような笑みを浮かべ、フンと顎を反らせる。

「それがなぁに？　当然の権利よ」

「にもかかわらず、大学進学を金銭的理由で阻み就職させた上、給料のほとんどを生活費の面目で奪い取っていた」

「人聞きの悪いことを言わないでちょうだい！　高校まで卒業させてやったのだからとやかく言われる筋合いはないし、就職したのだから家に生活費を入れるのは当然でしょう」

当事者は自分であるはずだが、萌にとって初めて聞く話ばかりだった。

両親を亡くしたのは中学二年の頃。あの時はショックが大きくて呆然とするしかできず、どういう手続きを踏んで自分が叔父一家に引き取られたのかなど気にする余裕もなかった。気づいたら実家や会社が叔父たちのものになっていて、両親の遺産などあるのかどうかすら知らない。

「未成年後見人は彼女が成人した段階で解消される。その後は萌がご両親から相続した遺産を彼女に引き継がなくてはならないんです。もちろんご存知ですよね？」

晴臣の言葉に、これまで捲し立てて話していた翔子の高圧的な笑顔がピシリと固まる。

「人を雇って財産管理の収支報告書を作らせて提出しているようですが、萌にご両親の遺産は渡っていない。これは業務上横領にあたります」

「じょ、冗談じゃないわ……！　なにを今さら――」

「もちろん冗談ではありません。俺はあなた方の萌への仕打ちを許すつもりはない。過去の話だろうとどんな手を使っても必ず追及しますので、そのおつもりで」

後ろ暗いことがあるのだろう、翔子はそれ以上なにも言えず顔を真っ青にして凍りついている。

すると、それまで隣で聞いてた玲香が一気に母親と距離を取るように後ずさった。

「わ、私は関係ないわよ！　パパとママが勝手にしたことでしょ！」

「玲香……あなたって子は！　あなたのワガママにいくら使ったと思っているのよ！　私立の大学にしか受からないから、仕方なく萌の遺産に手を出さざるを得なかったんじゃない！」

「ちょっと、私のせいにしないでよ！　だいたい会社の経営がちゃんとうまくいっていれば――」

醜い争いを始めたふたりを尻目に、晴臣は控えていた警備員に視線で合図を送る。するとニ人は彼の意図を察して動いた複数の警備員に取り囲まれた。

「今後いっさい、萌に近づくのは許さない。これからのことは弁護士を通じて連絡をします」

そう断言した晴臣が警備員に頷くと、秋月一家はホワイエから連れ出されていく。

最後の最後は田辺や晴臣を巻き込んでしまったけれど、彼らに立ち向かい、言いたいことはすべて言えた。

今度こそ二度と会わないであろう三人が肩を落として警備員に連行されていく後ろ姿を、萌はただ無言で見送った。

騒ぎのあと、萌はひとりパーティーを抜けることとなった。

中座するなんて申し訳ないと感じたけれど、さすがに真っ赤に腫れた頬のまま挨拶をして回るわけにはいかない。

晴臣は『あんな騒ぎがあった直後に萌をひとりにしておけない』と自分もパーティーを切り上げようとしていたが、主催者がいなくなるわけにはいかないと小倉と萌のふたりで必死に止めた。

『部屋で光莉と陽太と待ってます。それに、そんなにショックを受けてるわけではないので大丈夫ですよ』

これは気を遣っているわけではなく本心だった。久しぶりに翔子や玲香の毒を浴び、自分でも過去のように萎縮してしまうかもしれないと思っていたが、意外なほど動じないで済んだ。

もちろん話の内容には驚いているし、今になって頬がジンジンと痛みだしているけれど、ようやくあの一家との決着がついたのだという安堵のほうが大きいような気もする。

萌はパーティーが行われているホテルの客室階へエレベーターで上がり、理恵が双子を見てくれている部屋へ向かった。

するとすでに双子はぐっすりと眠ったあとだった。

『お昼はみんなで公園へ行って、夕方からは私と部屋で遊んだでしょう？　珍しくお昼寝をしなかったから、ご飯を食べたらこの通りすぐ眠っちゃったのよ』

そう話す彼女に早めに迎えに来た事情を話すと、『このままひと晩ふたりを預かるから、今日は夫婦水入らずで過ごしたらどう？』と続けた。

今日一日預かってもらっただけでもありがたかったのに、そこまで甘えられない。

そう遠慮した萌だが、理恵は『せっかく私たちがこっちに来たんだし、たまにはゆっくりしたらいいのよ』と言いながら、萌の頬を冷やすためにビニール袋に氷を入れてくれた。

『はい、これでちゃんと冷やして。なにかあったらすぐに連絡するから、私にも孫とのお泊まりを堪能させて』

理恵が萌に気を遣わせないよう言ってくれているのが伝わり、素直に甘えることにした。

晴臣が用意してくれた部屋に移動し、ひとり待つこと数十分。パーティーを終えた晴臣が帰ってきた。

「おかえりなさい。お疲れ様でし……わっ！」

部屋に入るなり、彼は萌を強く抱きしめる。

「ただいま」

「早かったですね。もう戻ってきて大丈夫なんですか？」

「うん。父に事情を話してあとは任せてきた」

そっと萌の頬に触れる手は震えていて、やはり罪悪感を感じているのか打たれた本人よりも痛そうな顔をしている。

「助けるのが遅くなってごめん」

「大丈夫です。来てくれてありがとうございました。でも、どうして叔父さんたちが来てるってわかったんですか？」

「あの場にいた警備員から『社長か副社長を出せと客が喚いている』とインカムで小倉さんに連絡があった。それ以降、ずっとそっちの音声を拾ってくれていたんだ。すぐに小倉さんが萌に気づいて俺にインカムを貸してくれたから、やりとりは全部聞いていた」

だからあの時、晴臣は『君は十分頑張った』と労ってくれたのかと納得した。

「光莉と陽太は？」

晴臣はいったん萌を腕から解放すると、スーツのジャケットを脱いでタイを緩めた。

その仕草に大人の男性の色香を感じ、萌は高鳴る鼓動を感じながら努めて平静な声で答える。

「私が理恵さんのお部屋に行った時には、ふたりともぐっすりだったんです。そのまま預かるから、夫婦水入らずで過ごしなさいって」

「そうなのか。申し訳ないけど、ありがたいな」

「はい。あの、早速ですけど、さっき叔父さんや叔母さんに話していたのは……」

晴臣が彼らに告げていた内容は、まったく知らない話ばかりだった。

「あぁ。萌のお父さんと田辺社長が以前取った特許権が失効しているのも、秋月社長夫妻が本来は萌にご両親の遺産を引き継がなければならないのも、全部事実だよ」

晴臣は萌をリビングルームのソファへと促し、ゆっくり事の顛末《てんまつ》を教えてくれた。

三年前に萌が姿を消したのも、再会したあともなかなか結婚に頷けなかったのも、〝叔父一家がなにか言いがかりをつけてきたら晴臣に迷惑がかかる〟という懸念を拭い去れなかったからだとわかっていた。だからこそ、その懸念を徹底的に潰すため、彼らについてあらゆる手段を用いて調べたのだという。

使い込んだ金の返済よりも、萌や桐生家に対し今後いっさい近づかないと誓約させる材料として調査し、過去の萌への虐待とも言える扱いについて謝罪させたいとずっと考えてくれていたらしい。すでに警察には連絡済みとのことで、これから秋月家には家宅捜索が入るだろうという話だった。

「ありがとうございます。私、なにも知らなくて……」

「引き取られた時は中学生だったんだ、知らなくて当然だよ。それに、萌は彼らにきっぱり引導を渡してただろう」

隣り合って座る晴臣がそっと萌を抱き寄せ、優しく頭を撫でてくれる。

「よく頑張ったな」

彼の腕の中は温かくて心地よく、知らず知らずのうちに身体に入っていた力がするすると抜けていく。

「晴臣さんがそばにいてくれるから、私は少しだけ強くなれたんです。あの人たちと決別できたのは、光莉と陽太の存在と、晴臣さんが私たちと家族になってくれたおかげです」

守りたい存在がいるから強くなれる。大切にしたい家族がいるから勇気を出して立ち向かえる。

「だから、ありがとうございます。晴臣さん」

身を預けたまま見上げて微笑むと、彼もまた嬉しそうな眼差しを向けてくれる。

晴臣は冷やしていたおかげで多少赤みの引いた萌の左頬を、大きな手でゆっくりと包み込んだ。

「まだ痛む？」

「いえ」

「それなら、あっちに連れていってもいい？」

彼の視線の先はベッドルーム。その意味を理解し、ぶわっと顔が赤く染まった。

「今、すごく萌を甘やかしたい気分なんだ」

今日はいつも以上に甘い言葉をくれていたというのに、これ以上甘やかされてはドロドロに溶けてしまいそうだ。

それでも、断るという選択肢は浮かばなかった。

萌が「はい」と小さく頷くと、晴臣は頬に触れていた右手をそのまま背中へ回し、反対の手を膝裏に回して抱き上げる。

何度されても〝お姫様だっこ〟は恥ずかしい。余裕の足取りで歩く晴臣から額や頬にキスをされるのも、恥ずかしさを助長する。

彼の腕の中で縮こまりながら至近距離で見上げると、チョコレートよりも甘い眼差しから、野性味のある鋭い眼差しに変わった。

ベッドに下ろされた瞬間、どちらからともなく目を閉じて唇が重なる。

「そんな顔で見つめられると、甘やかすよりも前に理性が吹き飛びそうになって困る」

苦笑する晴臣の首に、萌は自分からぎゅっと抱きついた。

「……今日は、この部屋にふたりきりですよ？」

自分でも大胆な誘いをしている自覚はある。

けれど彼が言ったのだ。甘やかしてくれると。

きっとどんな萌も受け入れてくれる、そう信じられた。

「理性なんて、いらないです」

抱きついたまま晴臣の耳もとで囁くと、彼は「ああ、もう」と萌を力いっぱい掻き抱《いだ》いた。

「今日は、甘やかしたい気分だったのに」

「……だったのに？」

「もうダメだって泣くまでめちゃくちゃにしたくなった」

「ん……っ！」

すべてを奪うようなキスを受け止めながら晴臣の大きくて深い愛情を感じ、萌は幸せの濁流に身を任せた。

エピローグ

三月下旬、うららかな春の日。教会の中庭では桜が満開を迎え、ふたりの門出を祝福している。

萌と晴臣がこの日に選んだのは、ヨーロッパの教会から譲り受けたステンドグラスや椅子など、雰囲気のある挙式ができると人気の独立型教会だ。

花嫁の萌が身につけているのは上品なハリと光沢の美しいミカドシルクでつくられた純白のウェディングドレス。バーサーカラーという肩から上腕を覆う大きなケープ状の襟が特徴的なAラインのドレスは、正面から見るとシンプルだがバックスタイルはフリルがふんだんにあしらわれている。

オーダーメイドのドレスは花嫁を美しく引き立て、ヘアメイクも相まって普段の自分とはまるで別人のようだと萌は思った。

「本当に綺麗だねぇ。きっと秋月も奥さんも、天国で喜んでるよ」

感慨深く頷いて腕を貸してくれたのは、結婚式に参列するために名古屋から駆けつけてくれた田辺だ。萌の亡き父に代わり入場の際のエスコート役をお願いすると、快く引き受けてくれた。

「ありがとうございます。私、たくさん恩返ししますね」

萌ができる一番の恩返し。それは幸せになることだと彼は言ってくれた。そっと腕に手を添えると、田辺は笑みを零す。

「そうだね。期待しているよ」

目の前の重厚な扉が式場スタッフによってゆっくりと押し開かれる。

祭壇と左右の回廊を飾るステンドグラスが眩く光を放ち、白を基調にしたクラシカルなチャペルに厳かなパイプオルガンの音色が響いた。

三歳になった光莉と陽太がまいた花びらがバージンロードを飾り、その先には最愛の男性がこちらを熱い眼差しで見つめている。

ジャケット、ベスト、ネクタイまですべて白でまとめたタキシード姿の彼は、まるでおとぎの国の王子様のようにかっこいい。

ゆっくりと歩みを進め、田辺が晴臣に萌を託すように送り出してくれた。

「萌、綺麗だ」

ストレートな褒め言葉に照れつつ、萌は素直に小声でお礼を告げる。

「ありがとうございます」

ふたりで並んで祭壇へ向かい、神父から愛の教えを賜る。そして誓いの言葉を交わし、指輪を交換すると、晴臣がゆっくりとベールを上げた。

「君を妻に迎えられて、俺は本当に幸せだよ」

「私も、とても幸せです」

互いに微笑み合い、そっと唇を重ねる。

「せーのっ！　パパー、ママー、おめでとうー！」

神父の結婚の成立を宣言する声にかぶさるように、幼い天使たちの声が響いた。

愛らしい祝福に、式場は参列者の笑い声と拍手に包まれる。

「光莉、陽太、おいで」

結婚証明書へサインを終えた萌が手招きすると、ふたりは花びらの入った籠を持ってこちらに走ってくる。

退場は家族四人でしたいというのが、萌の挙式に対する唯一の要望だった。

打ち合わせの際、『挙式が終わってふたりが振り返って退場する時には、未来に向かって歩いていく』という意味があるのだと聞いた。

それならば、光莉と陽太も一緒がいいと考えたのだ。

「ママー」

「パパ、だっこ」

萌は光莉と手を繋ぎ、晴臣は陽太を抱っこする。

「光莉、陽太、大好きだよ。ふたりとも、ずーっとママとパパの宝物だからね」

「ひかりもー！」

「よーたも！　ママだいすき」

双子が萌に応えると、晴臣も負けじと萌への愛を口にする。

「俺も、誰よりも萌を愛してるよ」

「は、晴臣さん……！」

晴臣がちゅっと音を立てて頬にキスをすると、参列者から大きな歓声があがる。

こらえきれなかった涙がひと筋、萌の頬を伝う。

それをそっと拭ってくれた晴臣に促され、萌は愛する家族とともに、降り注ぐ光を受けながら未来へ向かって歩きだした。

Fin.

あとがき

お久しぶりの方も、初めましても方も、こんにちは。蓮美ちまです。

『始まりは愛のない契約でしたが、パパになった御曹司の愛に双子ごと捕まりました』をお手に取っていただき、ありがとうございます。

今作は私にとって二作目のシークレットベビーのお話です。恋愛小説としては人気ジャンルではありますが、現実的に考えるとなかなかないシチュエーションですよね。

以前、私がシークレットベビーを書いた作品のヒーローは外交官でした。守秘義務により詳細を伝えられずヒロインとすれ違う、といった理由で秘密の出産となったのですが、今回のヒーローは御曹司。一体どういう理由で『シークレットベビー』という特殊な境遇となるのか、頭を悩ませました。その結果、今回のお話ができあがったのです。

萌はつらい境遇にありながらもまっすぐな女性で、晴臣によって救われてからは周囲の人にも恵まれて幸せになります。

晴臣はとにかく穏やかで優しく、包容力のある男性を目指して書き上げました。

萌を優しく見守る田辺夫妻や康平はもちろん、今作はなんといっても双子の光莉と陽太がお気に入りです。

私にも子供がいるため子育ての大変さは多少わかっているつもりですが、きっと双子育児は桁違いに大変なはず。

ネットの情報だけではなく、双子ちゃんの子育てをしている友人たちにも話を聞き、試行錯誤しながらふたりの愛らしい様子を描いたつもりです。

萌と晴臣の恋愛にキュンとしつつ、双子の可愛らしさににんまりしていただけましたら幸いです。

最後になりましたが、本書の刊行にご尽力いただいたすべての方に感謝申し上げます。

表紙イラストは逆月酒乱先生が描いてくださいました。何度も眺めては素敵なイラストにほくほくしています。

そして、この本をお手に取ってくださった皆様。本当にありがとうございます。

またいつか、次の作品でもお会いできますように。

蓮美《はすみ》ちま

蓮美ちま先生への
ファンレターのあて先

〒104-0031
東京都中央区京橋 1-3-1
八重洲口大栄ビル 7F
スターツ出版株式会社　書籍編集部　気付

蓮美ちま先生

本書へのご意見をお聞かせください

お買い上げいただき、ありがとうございます。
今後の編集の参考にさせていただきますので、
アンケートにお答えいただければ幸いです。

下記 URL または二次元コードから
アンケートページへお入りください。
https://www.ozmall.co.jp/enquete/IndexTalkappi.aspx?id=2301

ベリーズ文庫

始まりは愛のない契約でしたが、パパになった御曹司の愛に双子ごと捕まりました

2024年10月10日　初版第1刷発行

著　者　蓮美ちま
©Chima Hasumi 2024

発行人　菊地修一

デザイン　カバー　ナルティス
フォーマット　hive & co.,ltd.

校　正　株式会社文字工房燦光

発行所　スターツ出版株式会社
〒104-0031
東京都中央区京橋1-3-1　八重洲口大栄ビル7F
TEL　03-6202-0386（出版マーケティンググループ）
TEL　050-5538-5679（書店様向けご注文専用ダイヤル）
URL　https://starts-pub.jp/

印刷所　大日本印刷株式会社

Printed in Japan

乱丁・落丁などの不良品はお取替えいたします。
上記出版マーケティンググループまでお問い合わせください。
定価はカバーに記載されています。

ISBN 978-4-8137-1648-8　C0193

ベリーズ文庫 2024年10月発売

『航空王はママとベビーを甘い執着愛で囲い込む【大富豪シリーズ】』葉月《はづき》りゅう・著

空港で清掃員として働く芽衣子は、海外で大企業の御曹司兼パイロットの誠一と出会う。帰国後再会した彼に、契約結婚を持ち掛けられ!? 1年で離婚もOKという条件のもと夫婦となるが、溺愛剥き出しの誠一。やがて身ごもった芽衣子はある出来事から身を引くが――誠一の一途な執着愛は昂るばかりで…!?

ISBN 978-4-8137-1645-7／定価781円（本体710円＋税10%）

『冷酷な天才外科医は湧き立つ激愛で新妻をこの手に堕とす』にしのムラサキ・著

院長夫妻の娘の天音は、悪評しかない天才外科医・透吾と見合いをすることに。最低人間と思っていたが、大事な病院の未来を託すには彼しかないと結婚を決意。新婚生活が始まると、健気な天音の姿が透吾の独占欲に火をつけて!? 「愛してやるよ、俺のものになれ」――極上の悪い男の溺愛はひたすら甘く…♡

ISBN 978-4-8137-1646-4／定価770円（本体700円＋税10%）

『一度は諦めた恋なのに、エリート警視とお見合いで再会!?～最愛妻になるなんて想定外です～』吉《よし》澤《ざわ》紗《さ》矢《や》・著

警察官僚の娘・彩乃。旅先のパリで困っていたところを蒼士に助けられる。以来、凛々しく誠実な彼は忘れられない人に。3年後、親が勧める見合いに臨むと相手は警視・蒼士だった！ 結婚が決まるも、彼にとっては出世のための手段に過ぎないと切ない気持ちに。ところが蒼士は彩乃を熱く包みこんでゆき…！

ISBN 978-4-8137-1647-1／定価770円（本体700円＋税10%）

『始まりは愛のない契約でしたが、パパになった御曹司の愛に双子ごと捕まりました』蓮美《はすみ》ちま・著

幼い頃に両親を亡くした萌。叔父の会社と取引がある大企業の御曹司・晴臣とお見合い結婚し、幸せを感じていた。しかしある時、叔父の不正を発見！ 晴臣に迷惑をかけまいと別れを告げることに。その後双子の妊娠が発覚し、ひとりで産み育てていたが…。3年後、突如現れた晴臣に独占欲全開で愛し包まれ!?

ISBN 978-4-8137-1648-8／定価781円（本体710円＋税10%）

『冷血悪魔な社長は愛しの契約妻を誰にも譲らない』晴《はる》日《ひ》青《あお》・著

円香は堅実な会社員。抽選に当たり、とあるパーティーに参加するとホテル経営者・藍斗と会う。藍斗は八年前、訳あって別れを告げた元彼だった！ すると望まない縁談を迫られているという彼から見返りありの契約結婚を打診され!? 愛なき結婚が始まるも、なぜか藍斗の瞳は熱を帯び…。息もつけぬ復活愛が始まる。

ISBN 978-4-8137-1649-5／定価770円（本体700円＋税10%）